ベリーズ文庫

元帥閣下は勲章よりも男装花嫁を所望する

真彩 -mahya-

JN167720

スターツ出版株式会社

目次

男装の私と元帥閣下……5
近づきすぎです！……35
勝利のあとで暴かれた秘密……67
一時の休息とプロポーズ……105
栄光の陰にあるもの……139
元帥閣下の見る景色……165
元帥閣下、上陸する……197
ひと筋縄ではいかない状況……231
型破りな新皇帝……261
特別書き下ろし番外編　可愛いひと……331
あとがき……344

男装の私と元帥閣下

ある朝、私は父上と共に、訪問先の海軍元帥の屋敷の門をくぐった。

陸軍元帥である父上にお供としてついてきた私は、黒地に赤い腕章のある軍服を着て、玄関へ歩みを進める。長い後ろ髪は纏《まと》めて軍用帽の中に入れていた。

内面はそうでなくとも、外面は男らしく見えるよう、歩き方にも気を使う。女性っぽく低くなりがちな重心を、おへその辺りに移動させるよう集中し、大股で歩いた。

がっしりとした体つきの父上は、口髭《くちひげ》を蓄え、白いものが交じってきた頭髪もまだまだ頭皮から離れず元気に生育している。年季の入った軍服はその体に馴染《なじ》んでおり、いかにも軍人といった姿だ。

きちんと整備されているけれど、花の一輪も咲いていない面白みのない庭を通ると、同じく無駄な装飾が一切ない、機能だけを目的としたような住居が目の前に現れた。

父上が玄関の扉をノックすると、使用人と思われる少年がそれを開けた。まだ十代前半に見える彼は、私たちを玄関ホールから主人のいる応接室へと案内してくれる。

たどり着いた応接室は、接客用のソファとテーブル以外は余分なものがない。同じような階級の軍人の屋敷にお邪魔したときは、屋敷の主が今まで獲得してきた勲章の数々や、高そうな美術品が自慢げに飾られていたものだ。

「やあ、ヴェルナー。元気そうだな」

先に挨拶をした父上の後ろから、私はちらりと顔を出す。すると、窓際に立っていた屋敷の主人がこちらに近づいてきていた。

「わざわざおいでくださり、ありがとうございます。閣下」

まだ二十代後半のその海軍元帥は、歓迎の微笑《ほほえ》みを浮かべて父上に手を差し出し、握手を交わした。

彼の髪は黒く、襟足は短い。アンバーの瞳がきらめく切れ長の目。長すぎるほどの四肢。その姿は軍人というより、よくできた彫刻のようだった。

纏っているのは軍服ではなく、シンプルなシャツとジャケットだった。それも、私の父上が来るから仕方なく羽織ったといった風情《ふぜい》。

やっぱり。一年前に会ったあの人だ。

久しぶりに間近で見るヴェルナー元帥の姿に、不覚にも胸がときめく。

彼はレオンハルト・ヴェルナー。若干二十八歳で海軍元帥の座に就いている。

＊＊＊

一年前。

「ねえ、ばあや。なにか間違ってないか？」

朝の光が射し込む自室で、着替えの手伝いのために入ってきたばあやが持ってきた服を見て、私は首を傾《かし》げるしかできなかった。

「いいえ、なにも間違っておりません」

首を横に振るばあやが手にしているのは、女性用のコルセットと、爽やかなミントグリーンのドレス。

「これは姉上のドレスだろ。ほら、私はルカだよ。ばあや、ボケるにはまだ早いはず……」

鼻先に近い位置に老眼鏡をしているばあやに、ぐっと顔を近づける。ばあやが、私とそっくりと言われるひとつ年上の姉と間違えているのではないかと思ったから。

「わかっております！」

ばあやが牙をむく。鼻先をかじられそうな勢いに、私は思わずのけぞった。

「なら、どうして。こんなものを着たら、父上が烈火のごとく怒りそうじゃないか」

ところどころに緋色《ひいろ》のアクセントがついた、陸軍の黒い制服。朝に着る私の服といえば、それしかないはず。

本来なら軍に入る資格のない私を立派な軍人に育てようと、生まれたときから必死に教育してきた父上だ。私が女装した姿を見たら、それはもう、頭髪が九割抜け落ちるくらい怒り散らすだろう。

「そのご主人様のご命令なのです」

「父上の？」

いったいどういうことだろう。

さらに首を傾げると、コンコンと扉をノックされた。返事をすると、のっそりと父上が部屋に入ってきた。

陸軍元帥であり、部下に厳しく、いつもきびきびとしている父上が、なぜか今朝は水を与えられなかった花のようにしょんぼりしている。

「ルカ、申し訳ない。今日だけはそれを着てくれ」

「どういうことでしょう？」

私に女装をしろだなんて。思わず眉をひそめてしまう。

「エルザが風邪をひいてしまったんだ。今日の式典には行けそうにない。ルカ、お前にエルザを装って式典に参加してほしい」

「ええっ？」

エルザというのは、私のひとつ年上の姉のこと。その他に五人も年上の姉がいるが、エルザ以外はみんな結婚して家を出ている。

亜麻色の髪にヘイゼルの瞳を持った美しい姉・エルザは、私と瓜《うり》ふたつと言われている。いや、私が姉に似ているのか。

「皇帝陛下がエルザの噂《うわさ》を聞いたらしく、『お前の美しい娘に会いたい』と直々に言われてしまったのだ。陛下の期待を裏切るわけにはいかん」

額を押さえて、深いため息をつく父上。

「風邪なら仕方ないでしょう。真実をお話しになればいい」

そんなくだらない事情に付き合っていられるか。

私は、ばあやが押しつけてきたコルセットをベッドの上に放り投げた。

皇帝陛下は私と同じ二十二歳。そろそろ結婚相手を決めろと言われる年頃だ。だから国中の美しい娘を集めて、品定めしようというわけか。

私は皇帝陛下を尊敬してはいない。ただ先帝の次男だったというだけで皇位に就いた青二才で、これといった才能もない。周辺を固める貴族たちの言いなりになっているだけ。

他に三人も兄弟がいるのに、なぜ才能のない次男が帝位に就いたかというと、長男は皇室に生まれたにもかかわらず歴史学にのめり込んだ変人で、権力に興味がない。そして三男は戦死し、四男は先天性の病気で亡くなったからだ。ちなみに先帝が亡くなったのも病が原因だった。

我が帝国の皇室、なにかに呪われているんじゃないか？

もちろん、こんな考えを公言するほどバカじゃない。思っているだけ。

「そういうわけにはいかないのだ。お前も大人になればわかる」

「わかりたくありませんね。私は今さらこんなもの、絶対に着ません」

「ルカよ、頼む……」

とうとう情けない声で私に懇願し始める父上。怒りが私の腹の中で煮えたぎる。

「そもそも、父上が私にこんなことを頼む権利はないはずです。どうして今さら私が女装など。女に生まれた私を、無理やり男として育てたのは父上じゃありませんか！」

怒鳴った私を止めるように、ばあやがぎゅっと抱きついてきた。

大海に面した帝国アルバトゥス。私はそこで、貴族階級の軍人である父上のもと、産声をあげた。

それまで六人の娘がいた父上は、生まれた私がまた女子だったので、この上なく落胆した。そして、思いついたのだ。私を男性として育てることを。

男性のものである『ルカ』という名を私に授け、物心つく前から男子として育ててきた。着替えや入浴の手伝いは母上とばあやにしか許さず、他の使用人は私のことを本当の男だと思っている。

しかし現実は厳しい。外面だけ男らしく取り繕うことはできても、私の内面はいまだに、すっかり男らしくなることができずにいる。

大人になるにつれ、自分の体が女に変わっていく。それを実感しながら男として生きることに、なんの障害も抵抗もなかったとは、とても言えない。

ひとつ年上の優しい姉上が可憐《かれん》な花のように気飾り、ピアノやダンスを練習する姿を、どうしようもなく羨ましく思ったものだ。代わりに私に与えられたのは、剣と銃と、帝国が運営する幼年学校の制服だった。

「お前の怒りはもっともだ」

父上はしょんぼりとうなだれた。しかし深呼吸をすると、ビシッと背を伸ばして威圧的な声で言い放った。

「だがお前も軍人だ。皇帝陛下に仕える義務がある。そして、上官である私の命令に従う義務も」

「命令ですって?」

「ルカ・クローゼ少佐。お前に、姉・エルザの代わりに式典に参加することを命ずる。皇帝陛下の御為《おんため》に。ばあやにはルカを無事に女装させることを命ずる」

腹の中で煮えたぎる怒りが、血まで沸騰させそうだ。私ももちろんだが、ばあやが父上の〝命令〟を裏切れば、罰されることは必至。私だけならまだしも、ばあやは巻き込めない。

結局、父上の言う通りにするしかないということか。

口から外に出かけていた怒りを、唾液と一緒に無理やり溜飲《りゅういん》する。

黙ってにらんでいると、父上も黙って部屋の外に出ていった。扉が閉まると、ばあやがホッとため息をついて私から離れる。

「あんまりでございますね……突然『今日だけ女性に戻れ』だなんて」

「もういいよ、ばあや。一日だけだろ」

思いきって寝間着を脱ぎ捨てる。いつも目立たないようにさらしで潰している、私には無用の乳房が揺れた。

「さあ、なるべく苦しくないようにやっておくれ」

ばあやは、私が男として生きるための苦労や葛藤を知っている。小さな頃からこっそり私の愚痴や泣きごとを聞いて、励ましてくれた唯一の人だったから。

私があまり機嫌を損ねていると、ばあやが私に気を使って疲れてしまう。彼女のために笑顔を作り、なるべく爽やかな声を心がけて言う。

「任務だと思って乗りきるさ」

こうして私は、生まれて初めて女装して公の場に出ていくことになったのだった。


軍の式典が行われる、宮殿中央にある大広間。

今日は、一ヵ月前の戦闘で武勲を立てた人たちに勲章を授与する式典らしい。本当なら私は後方勤務部隊の一員として、この式典の運営側に参加しているはずだった。

後方勤務部隊は山ほどいても、姉上の代わりは私しかいない。本来務めなければいけない役目が、どうしようもなく些末《さまつ》なものに思えて悲しい。

我が帝国は、大海を経た別の大陸にあるエカベトという王国と、百年越しの戦争をしている。攻めては退けられ、また攻められては退け、それを何度も繰り返し、なかなか決着がつかない状態が続いていた。

今回の式典は、あるひとつの部隊同士の戦闘に我が帝国が勝利したお祝いを兼ねている。

コルセットとドレスと化粧で、肺と皮膚の両方から呼吸を損なわれた私は、扇で口元を隠しながら懸命に息を吸い、前方を眺めた。

皇帝陛下が玉座に座っている。これといった特徴もありがたみもない顔だ。その正面に、勲章を授与される軍人たちのための赤い絨毯《じゅうたん》が敷かれていた。そこを取り囲むように、侯爵以上の貴族や軍の将官が座っている。

伯爵以下の貴族や下士官たちは、さらに後ろに雑然と立っていた。私はその中で、早く帰りたいと心から願っていた。

周りを見ると、自分の他にも美しく着飾った年頃の娘が何人かいる。彼女たちも皇帝陛下の花嫁候補なのだろうか。

「海軍上級大将、レオンハルト・ヴェルナー。前へ」

皇帝陛下の近くに控えていた父上に名前を呼ばれ、ひとりの男性が群衆の前に出る。その姿が網膜に映った瞬間、私は息を呑《の》んだ。

金色のボタンや刺繍《ししゅう》、肩当てがついた長い紺色の軍服が翻《ひるがえ》る。髪は黒く、襟足はスッキリと短く切られていた。日焼けしすぎていない健康的な肌に、アンバーの瞳がきらめいている。

すらりと伸びた四肢。そして端正すぎるその顔は、軍人らしくなかった。まるで生きた彫刻だ。

一年のほとんどを海の上で過ごしている海軍の人間とは、接する機会がほとんどなかったけど、こういう綺麗《きれい》な人もいるのか。いつも見ている陸軍将官たちはことごとく筋骨隆々だったから、余計にそう思うのかな。

彼の姿に圧倒されたのは私だけではないらしく、あちこちで感嘆の吐息が漏《も》れる音が聞こえた。それは主に、女性のもののようだった。

こんな容姿端麗な軍人、初めて見た。彼の動作はそれ自体が音楽を奏でているかのように優美で、目が離せない。

皇帝陛下の前に彼が跪《ひざまず》くと、顔が見えなくなった。今度は女性たちから嘆息が聞こえる。皇帝陛下が先の戦争での彼の功績を称え、勲章と、元帥の称号を与えた。

座っているだけの皇帝陛下の代わりに勲章を運ぶ下士官から、恭《うやうや》しくそれを受け取ると、ヴェルナー元帥は優雅に退場していった。

ああ、今日の式典のメインがいきなり終わってしまった……。

落胆したような気持ちになり、余計に息苦しくなった。次々に呼ばれる他の軍人たちの名前も、皇帝陛下の声も、耳に入ってこない。

私も軍人の端くれ。他人の階級がどうでもいいわけじゃないけど、あの卓越した美貌の元帥に比べると、どの人物も見劣りしてしまう。

退屈な式典が滞りなく終わると、続いて隣の広間で戦勝祝いのパーティーに移行する。皇帝陛下はその場からはいなくなった。

皇帝ともあろう人物が、下々の者と一緒に食事をすることは、帝国が始まって以来一度もない。今回も例外ではないということか。

「私はいったいなんのために来たんでしょう。もう帰ってもいいでしょうか」

会場の隅で、父上にこっそり話しかける。

「皇帝陛下はお姿こそここにないが、どこからか私たちを見守ってくださっている。もう少しいてくれないか」

なんだそれ。ひそかにこの会場をのぞき見るからくりがあるのか、誰かが皇帝の代わりに花嫁候補を観察しているのか？　どっちにしても気持ち悪い。

もちろん、皇帝陛下の悪口を公の場で言うわけにはいかず、落胆して父上から離れた。料理や飲み物が置かれたいくつかの丸テーブルを囲み、貴族や軍人が談笑している。私は自分の上官に見つからないように、父上がいる方とは反対側の隅っこに、こそこそと移動した。

きついコルセットをつけた体では、胃まで圧迫されて食欲も湧かない。手持ち無沙汰だったので、白ワインのグラスだけを持って壁にもたれかかっていると、すぐ近くにいた貴族らしき男女が目に入った。

豪華なドレスを着た女性が、恥ずかしげにうつむいている。ただうつむいているだけではないような不自然さを感じ、扇でこちらの顔を隠しながら、隙間から詳しく様子をうかがう。

若い女性は眉間に深いシワを寄せていた。まるで声を殺すように、厚い唇を噛《か》みしめている。やっぱり変だ。

男性の方に視線をやると、彼はなぜか楽しそうに、優越感に満ちた顔をしている。その手元を見て、ギョッとした。彼は壁際に寄って、誰にも見られないように女性のお尻を触っていた。

男性の手が、女性の腰からお尻にかけて、円を描くように執拗になで回している。彼女の膨らんだスカート部分が不自然に揺れていた。

それ以上は考えるより先に、体が動いていた。私は慣れない女性用の靴で男女に近づく。

「なんだ、きみは」

突然目の前に立った私を不審に思ったのか、痴漢貴族が私を見下ろす。

不審なのは、お前の方だ！

「その手を放せ！」

持っていたグラスを勢いよく彼の方に突き出す。すでにぬるくなっていた白ワインが、痴漢貴族の顔面に直撃した。

「わっぷ！」

男はたまらず、女性のスカートから手を放して顔を拭《ぬぐ》う。

「お嬢さん、今のうちにお逃げなさい」

「あ、ありがとう。あなたは……」

「いいから、急いで」

涙目になっていた女性は、私が指示した通りに、控えていた侍従と共に逃げるように走り去っていく。その姿を最後まで見送る余裕はなかった。

「貴様、なにをする！　この私をピコスルファート公爵と知っての狼藉《ろうぜき》か！」

首元のスカーフまで濡《ぬ》れてびちゃびちゃになった痴漢公爵が、顔を真っ赤にして怒鳴る。何事か、と周りの視線が集中し始めていた。

「あなたが誰かはどうでもいい。その大層な名に恥じない行いをすることだ」

「なんだと」

「自分の立場を利用し、逆らえない婦女子を辱めるなど、言語道断。顔を洗って出直すがいい」

「この……！」

言葉で言い返すことができなかったのか、痴漢公爵が手を振り上げた。

いいだろう。それが振り下ろされる瞬間、股間に膝蹴りをお見舞いしてやる。

どう反撃するか思案していると、その手がピタリと止まった。

「あっ！」

思わず声が出る。手から焦点を外すと、痴漢公爵の後ろに、ある長身の男性が立っているのを見つけたから。彼は痴漢公爵の手首を握っていた。

そう、彼は先ほど元帥に昇進したばかりの人物。黒髪のレオンハルト・ヴェルナー。獅子《しし》のようなアンバーの瞳で痴漢公爵を見下ろしている。

「婦女子に手を上げるとは何事です」

「くっ、手を放せ！　この子供に礼儀を教えてやるだけだ」

よほど地位の高い貴族なのか、海軍トップとなったヴェルナー元帥に牙をむいて抵抗する痴漢公爵。

するとヴェルナー元帥は小さく舌打ちをして、公爵の耳元に顔を寄せた。好奇の視線を投げかける周囲に聞こえないような音量で、そっと囁《ささや》く。

「皇帝陛下はこの広間を監視しておいでだ。これ以上家名に泥を塗ることもあるまい」

「なっ……」

「去れ」

低い声で脅《おど》された痴漢公爵は腕を放され、ぶつぶつ言いながら会場から出ていった。

「あーあ」

あっさり逃がしちゃった。あれじゃ、またいずれ同じことを繰り返すだろう。再起不能にしてやりたかったなあ……。

ため息をついた私にヴェルナー元帥が視線を移す。そのとき、会場の前方から父上が駆け寄ってきた。

「なにをしているのだ、お前は」

怒気を孕《はら》みながらも、周りを気にしてボリュームを控えめにした声で言いながら、私をにらむ父上。

「クローゼ閣下。もしやこちらはあなたの？」

ヴェルナー元帥に話しかけられると、父上は苦々しい顔でうなずく。

「恥ずかしいが、私の娘だ。お前さんには助けられた。礼を言う」

言いながら、にこりともしない父上。愛想笑いさえしないのは、私が原因だろう。

肝心の私はといえば、反省などしていない。あれは絶対に、痴漢公爵が一方的に悪かったんだから。

「美しいお嬢さんですね」

アンバーの瞳を細め、ヴェルナー元帥が私に微笑みかける。視線が合うと、私の胸が銃で撃たれたようにビクンと跳ね上がった気がした。

美しいだなんて、生まれて初めて言われた……。

「お世辞はけっこうです。ル……いや、エルザ。お前はもう帰りなさい」

ぐいっと私の手を引く父上。

さっきは皇帝陛下のために、もう少しこの場にいるよう命令したくせに。反感を覚えるけど、変に注目を集めてしまった以上、ここは退散するしかなさそう。

「あの……」

最後に、ヴェルナー元帥になにか言わなければならないような気がした。

そうだ、お礼を言わなきゃ。望んでいなかったとはいえ、私を守ってくれたことには変わりないんだから。

だけど父上に強い力で引きずられ、なにも言うことができない。元帥の方をなんとか振り返る私に、彼は一歩踏み出す。その顔には、もう笑みは浮かんでいなかった。

「お嬢さん、いつか、またどこかで」

低い声が耳の中でこだまする。

――いつか、またどこかで。

返事はできなかった。私がこの姿でいるのはこの日だけと定められている。明日からは、私はエルザと名乗ることはできないのだから。

ぎゅっと胸が締めつけられるような思いを、生まれて初めて味わった。私は、ただ小さくうなずいた。

名乗ることはできなくても、またどこかで見《まみ》えることもあるだろう。そう信じて。

＊　＊　＊

――そして、一年後。

一年前の回想から、思考は現在に戻る。

あの日に再会の約束を交わした相手は、目の前にいる。けれど私に気づく気配は全くない。

「どうぞおかけください」

応接用の椅子に座れるのは父上だけで、お供としてついてきた私は父上の後ろに控える。ふたりの元帥の間にあるテーブルに、先ほどの少年がワインを運んできた。私は父上の頭越しにヴェルナー元帥の端正な顔を見つめる。

……気づかれなくても仕方ないよね。彼と言葉を交わしたのはたった一瞬だったし、今の私はあのドレス姿の女性と結びつかないだろう。

頭で納得するのとは反対に、心の方は大きな落胆からなかなか回復できない。

一年間、もしかしたら彼が私を迎えに来てくれるんじゃないか、って……ひそかに夢を見ていた自分が愚かで恥ずかしい。

「今日訪ねたのは他でもない。ヴェルナーよ、この時期に退役を申し出たと聞いたが、まさか真実ではあるまいな」

父上が話を切り出した。

今でも戦争の決着がつかないアルバトゥスとエカベト。両国の間には大海があり、海軍の働き如何《いかん》によって国の運命が左右される。

その海軍トップであるヴェルナー元帥が突然、皇帝陛下に退役を願い出たのは三日前。これは困ったことになったと、お偉方に泣きつかれた父上が、彼を説得しに来たというわけ。

「本当ですよ」

「いったいどうして。二十代で元帥になれたのはお前さんが初めてだ。我が帝国が誇る『不敗の軍神』が、これからも皇帝陛下のために尽くしてくれなくては困る」

不敗の軍神とは、敵軍を相手に勝利を重ねるヴェルナー元帥を称賛するあだ名。彼は天才的な用兵の才能を持ち、艦隊を任されるようになってからは負けを知らないという。

「ありがたいお言葉ですが、私はもう疲れてしまいました」

父上が訪ねてくると知ったときから、ヴェルナー元帥は質問の内容を予測していたのだろう。少しも言葉に詰まる様子がなかった。

すました顔でワイングラスを口元に運ぶ優雅な元帥に合わせるように、父上もワインをひと口飲み下した。

「疲れたとは、いったいどういうことだ?」

「そのままの意味です。私は戦争に疲れました」

グラスを下ろしたヴェルナー元帥の顔は、疲れているようには見えなかった。体には表れない心の問題が彼にはあるのかもしれない。

「クローゼ閣下なら想像できると思います。砲弾を受けて木っ端微塵《みじん》にされ、海の中で沈んでいく船、叫びながら波に呑まれていく味方や敵兵を」

「まあ、それは……」

そこまで落ち着いていた父上の声が、苦々しいものに変わった。ヴェルナー元帥の語った光景を思い浮かべると、たしかに凄惨。胸が悪くなる。

私の主な任務は後方勤務。父上の秘書のひとりとして事務的な仕事をこなすこと。訓練には参加しても、実際に敵兵と剣を交えたことは一度もない。

それも今日まで、海軍が海上での勝利を重ねてくれたから。彼らが負けたり、うっかり敵を逃したりすれば敵は我が帝国に上陸し、陸軍との戦闘になったことだろう。

「そういうものを見なければいけない毎日に疲れてしまったのです。どうかこれからは、民間人として静かに余生を送らせてください」

ヴェルナー元帥は形のいい頭を下げた。

余生って。まだ二十八歳なのに、余生……あと何十年あるのか。

彼の言葉を聞いていると、気づいてもらえなかった落胆とは別の意味でがっかりしてくる。一年前のあの日はあんなに輝いて見えたのに。こんなに情けない人だとは思わなかった。

「それがな、そういうわけにもいかんのだ。いよいよ敵は全艦隊を率いて最終決戦に持ち込もうとしているそうだ」

「全艦隊を？」

それまで微動だにしなかったヴェルナー元帥の眉が、ぴくりと動く。

「この戦で勝てば、お前さんの望む静かな生活ができるだろう。しかしここで敵の侵入を許したら、余生どころではなくなるぞ」

父上の言っていることは本当だ。陸軍の諜報部がその情報をつかんできたのだ。敵国エカベトは、着々と侵攻の準備を進めているという。

「それは困ります」

「皇帝陛下の命令が下れば、お前さんは強制的に戦地に送られるだろう。でもそんなことはしたくない。お前さんには自ら立ち上がって、積極的に艦隊を指揮してもらい、この戦いに勝ってほしいのだ」

熱く語りかける父上の言葉に、ヴェルナー元帥は深いため息をついた。

「平和な時代が来なければ、軍人は暇にならないということですね」

「そうだ」

「仕方ない、あなたの言葉に従いましょう。しかし、気が進まない戦闘の指揮を執るからには、それなりの見返りをいただきたい」

膝の上で指を組み、ヴェルナー元師が父上を見つめる。

ええっ、海軍トップが見返りを求めるの？

私はびっくりして、思わず口をぽかんと開けてしまった。

そういったズルいことを要求してくるのは、腐敗した貴族連中だけだと思っていた。ますますがっかり……。

「……いいだろう。私にできることなら」

「あなたにしかできないことです」

父上にしかできないこと？

落胆でうなだれていた顔を上げると、ヴェルナー元師のアンバーの瞳と目が合ってしまった。

「彼を、私の副官として採用したいのです」

「は？　私を？」

自分で自分を指差してしまう。父上が立ち上がり、ヴェルナー元師と私を交互に見やった。

「いや、しかし、これは私の不肖の息子。まだ未熟で、普段は事務官として働いている身だ。戦場に立ったこともなく……」

「だからです。私は、身内だけ安全な場所に隠しておいて、関係のない兵士ばかりを前線に送って戦わせる貴族どもを軽蔑しています。あなたはそうでないと信じさせてください」

父上に従って立ち上がったヴェルナー元帥の言葉は、辛辣極まりなかった。父上は額に血管を浮かび上がらせる。この申し出を拒否すれば、自分が腐敗した貴族と同じだと認めるようなものだ。怒りを感じるのも無理はない。

「いいだろう。息子をお前さんの船に乗せる。約束だ」

「ち、父上」

断れない空気なのはわかるけど、ちょっと待ってほしい。船や海のことを全く知らない私が、海軍元帥の副官だって？　務まるわけがない。

「そして、もうひとつ」

ヴェルナー元帥は人差し指を突き出した。

「まだあるのか」

うんざりした顔を遠慮なく見せる父上。私の意思を置き去りにし、ふたりの元帥は話を進めていってしまう。

「閣下のご令嬢、エルザ嬢をいただきたい」

低い声が応接間の中に浮遊した。それは茨となり、私の胸を締めつける。

「なんだと？」

「一年前、私が元帥の称号をいただいたときの式典に参加していらっしゃったお嬢さんです。亜麻色の髪に、ヘイゼルの瞳。そう、そこにいる彼と瓜ふたつだった。だから彼が閣下のご子息だと気づいたのです」

覚えていた！　彼は、一年前の出来事を覚えていたんだ。そう、私がエルザと紹介された、あのときの……。

「エルザを嫁に欲しいと？」

「勝利のあかつきには、ぜひ」

「よし、いいだろう。交渉成立だ」

がしっとヴェルナー元帥の手を無理やり握る父上。重大任務を成し遂げ、満面の笑みが浮かんでいる。

「ちょっと待ってください、父上。姉上の承諾を得なくていいんですか？」

「聞くまでもないだろう。国が誇る『不敗の軍神』の花嫁になれるのだぞ。これ以上の栄光があろうか」

あるだろ。一年前は皇帝陛下の妻、つまり皇妃の座に姉上を就かせたかったくせして。結局あのとき私が貴族にワインをぶっかけたせいで、その話は綺麗さっぱり流れてしまったようだけど。皇帝陛下はともかく、腐敗臭ぷんぷんの門閥貴族の嫁にやるよりはいいと考えるのか。

ほとんどの上級貴族や上級軍人の令嬢が、政略結婚をさせられているのは知っている。それが常識であり、恋愛結婚の方が珍しい。私の姉上たちもエルザ以外はみんな政略結婚済み。結局、子供は親の言いなりになるしかないのか。……しかし。

「私は嫌ですよ、父上！」

陸上なら、訓練や任務のあとに家に帰ることができる。けれど海上ではそうもいかない。周りが男だらけの船内で、どう見破られないように生活せよというのか。絶対無理だろ！

「ならば、この交渉は決裂です」

パッと父上の手を放すヴェルナー元帥。

「ご子息はよっぽど海に出るのが怖いと見えますな。無理をすることはありますまい」

肩をすくめてみせるヴェルナー元帥の言葉に、カチンときた。

単に、私が陸を離れることを怖がっていると思っているのか？

「いいえ。私が言うのは、信頼する上官にしか仕えたくないという意味です。誰が怖いものですか」

両の拳を握りしめ、背伸びをして反論する私の前に、父上が割って入ってきた。

「ならば、私が上官として命令しよう。ルカ・クローゼ少佐。お前をレオンハルト・ヴェルナー元帥の艦隊へ異動させる」

「そんなあ」

また命令？　一年前と同じじゃないか。私が駄々をこねると、すぐ『命令だ』と言って押さえつけるんだから。ひどい。

「彼なしでは、我が帝国の勝利はあり得ないのだ。少しの間、辛抱してくれ」

両肩をつかみ、幼子にするように私を説得する父上。

ああそう。娘のことより帝国のことが優先ってわけね。どこまでも仕事バカな父上。もうどうにでもなれだ。

「わかりましたよ！　よろしくお願いします、元帥閣下」

やけくそでヴェルナー元帥に手を差し出す。

「堅苦しいな。名前で呼んでもらって構わない。艦隊の兵士にも、そうしてもらっているんでね」

私が部下になると決まったからか、握手しながら突然砕けた口調になるヴェルナー元帥。微《かす》かな笑みをたたえたその顔は、軍神というより悪魔に見えた。

まさか、半ば脅迫されてヴェルナー元帥のそばにいることになろうとは。そして彼は、あのときエルザと紹介された女が実は私だということに、全く気づいていないみたい。

彼は、もしかして、私のことがずっと気になっていたのかな。花嫁にしたいだなんて……。

そんなことを考えて、頭の中で首を横に振った。

私は男として生きなきゃいけない。もうエルザにはなれない。あの日のことは夢だと思って忘れよう。

思い出の中の彼に抱いていた淡い恋心が、胸の中でしぼんでいく。

きっと、会った瞬間に私に気づいてくれる。そうしたら、この窮屈な軍服から私を解放して、女性として幸せにしてくれる……。

忘れたフリをしていても、いつも心のどこかで夢を見ていた。

でも現実には、女性として求められるのは姉のエルザであり、私は女でも男でもないまがいものとして、この先も生きていかなければならない。

「しかし、よく似ているな」

じっと私を見る元帥閣下。

本当にこの人の副官として前線に行くのか……。いろんな意味で自分の心臓がもつか心配だよ。

ヴェルナー元帥にまじまじと顔をのぞき込まれ、羞恥で熱くなり、うつむく。

心臓はうるさく早鐘を打っていた。

近づきすぎです！

自室から出て階段を上がり、屋敷の最上階へ。とある扉の前で足を止め、ノックをした。

「姉上、私です」

「どうぞ」

鈴の鳴るような声で返事があり、内側から扉が開く。顔をのぞかせたのは、頬にそばかすをいっぱい蓄えた、元気な印象のメイドだった。

部屋の中にはたくさんの植木鉢が。それぞれに観葉植物が植わっていて、植物園のような有様になっている。部屋の主はちょうど水やりを終えたところのようで、桶と銅製の柄杓《ひしゃく》をメイドに渡した。

「来てくれたのね。これが終わったら、私も会いに行こうと思っていたの」

「朝早くからすみません。昼には出かけなければならないし、帰りが何時になるかわからないから」

「忙しいものね」

いたわるような視線を私に向けるこの部屋の主は、エルザ・クローゼ。自分にそっくりの姉。

「最後の挨拶を、と思って」

いよいよ明日、私はヴェルナー艦隊の旗艦に搭乗することになっている。父上とヴェルナー元帥の会談の翌日には海軍に異動させられ、一週間後に出航が決まった。

敵国の艦隊に後れを取ってはいけないのはわかるけど、私にとっては地獄のような、あっという間の一週間だった。陸軍でやり残した事務仕事を後任者に引き継ぎ、すぐヴェルナー艦隊の出航準備に向かったのだ。

『はい、これ。明日までに覚えてこい』

海軍本部の元帥執務室で、ヴェルナー元帥にどっさりと、両手に余るほどの資料を渡される。

家に帰って広げると、それは私が乗る旗艦の見取り図、ヴェルナー艦隊の組織図などなど……広げるたびに頭痛が増した。

どんなに無理なことでも、上官の命令には逆らえない。幸い、父上のもとでも事務作業ばかりしてきた私は、この手の資料を覚えることは苦手ではなかった。しかし、見慣れない海軍の専門用語ばかりなので、それを調べながら理解していくには多少時間がかかった。

そして次の日。

ヴェルナー元帥は私の勉強の成果を試すべく、いくつか質問をしてきた。私がよどみなく答えると、満足そうにうなずく。

『本当に覚えてきたのか。さすが若者は違う』

自分だって二十代のくせに。しかも、覚えてこいって自分で命令したくせに、ヴェルナー元帥は感心したように笑った。

その日からは戦艦の基本的な構造、海図の見方などを叩《たた》き込まれた。ヴェルナー元帥は艦隊の提督、つまり責任者なので、ずっと私に付きっきりになるわけにはいかない。私にそれらを教えてくれたのは、士官学校の元教師というおじいさんだった。

学生たちが何年もかけて習得するものを、一週間で全て網羅することはさすがに無理がある。とりあえず私の仕事はヴェルナー元帥の補佐であり、大砲を撃ったり舵《かじ》を取ったりすることはまずない。というわけで結局、事務仕事に必要そうなことを優先して勉強に励んだ。

こうして私は人生初の戦艦に、明日乗り込むことになった。胸いっぱいの不安と一緒に。でも表面上はそれを隠し、姉上に笑いかける。

「無事生還できるよう、祈っていてくださいね」

両国の総力を挙げた戦いに赴かねばならない私の手を取り、少し背の低い姉上が、零《こぼ》れそうな瞳で私を見つめる。メイドがお茶の用意をするために出ていったのを確認して、彼女は口を開いた。

「本当に行くつもりなの？　あなたは女の子なのよ？」

もし父上が聞いていたら、姉上の口を慌てて塞いだだろう。それだけ、この屋敷では私を女扱いすることは禁忌とされている。

言葉を失う私とは対照的に、普段は無口な姉上がいつになく饒舌《じょうぜつ》になる。

「こんなのひどいわ。今までのような後方勤務ならともかく、戦艦に乗るだなんて。周りは男の人ばかりなのよ。ルカがもし女だってバレたら、ひどいことになるわ」

「大丈夫ですよ」

「大丈夫なものですか。陸を離れた男ばかりの戦艦の中で、彼らは若い情熱を持て余しているに違いないわ。ルカが野蛮な軍人たちの慰み者にされたりしたら、私、耐えられない」

姉上は顔を覆って泣きだす。

「あのね……」

泣きたいのはこっちだよ。

姉上は文字通りの箱入り娘で、世間とあまり接触がない。いつか訪れる嫁入りの日に必要な子作りの知識と、どこからか仕入れてきた恋愛小説から得た情報だけがひとり歩きし、恐ろしい妄想を生んでしまっているみたい。

「男装をして軍人を続けるのは、もうやめるべきよ。私がお婿さんをもらえばそれで済むことでしょ。自分の血を継いだものにこだわるなんて古いわ」

「後継問題だけではないと思いますよ。父上は根っからの軍人ですから、自分の息子と共に皇帝陛下の御為に働く日が来ることを、ずっと楽しみにしていたんでしょう」

姉上は顔を上げ、キッと私をにらんだ。泣く姉上を慰めようとしたのに、逆に火に油を注いでしまったようだ。

「それはお父様の勝手よ。ルカが望んだことじゃないわ」

それだけ言うと、姉上はまたさめざめと泣きだしてしまう。

女に泣かれると困るって同僚の兵士が言っていたっけ。やっとその気持ちがわかった気がする。

「姉上、泣かないで。今回のことに限っては、レオンハルト・ヴェルナーのせいですから。父上を責めないで」

どうして私が父上のフォローをしなきゃいけないのか。大いなる矛盾を感じずにはいられない。

「そういえば、姉上こそ本当にいいのですか？　軍人の花嫁にされるんですよ」

基本的に優しい姉上は、できれば軍人ではなく文官と結婚したいと私に話していた。そんな彼女は涙を拭《ふ》き、掠《かす》れた声で質問に答える。

「……あなたと一緒よ。この国のため、今は容認するしかない。彼が帰ってきたときにどうするか考えるわ。だって、お会いしたこともないんだもの」

会って嫌だったら婚約を破棄できるのか？　それほど簡単なことじゃない気がするよ、姉上。

「逆に言えば、会って素敵な人だと思ったら結婚するのですか？」

自分で言っておいて、ドキリとした。ヴェルナー元帥が姉上と結婚する。軍服を着た元帥と、隣に並ぶウエディングドレス姿の姉上を思い浮かべると、不思議と胸が苦しくなった。

ヴェルナー元帥に想いを寄せられるのは、彼に結婚を申し込まれるのは、私だったはずなのに。

本当の私、〝ルカ〟としてあのとき彼に会えたなら……と、意味のないことを考える自分を恥じた。

過去は変えられない。どんなに願っても、私は姉上にはなれない。

「そうね、素敵な人だったらいいわ。そうでなければ、どうにかして嫌われるように最善を尽くすのみよ」

「そうですか……」

姉上は一見優しそうに見えて、実は我が強い。父上が決めた相手と、黙って無理やり結婚させられるつもりはないように思える。

「それよりもお願いよ、ルカ。どうしても行くというなら、絶対に無事で、綺麗な体で帰ってきてちょうだいね。愛しているわ、私の可愛《かわい》い妹」

姉上にぎゅっと抱きしめられる。彼女の首筋から、ふわりと甘い香りが漂う。

彼女だけは、堂々と私を女扱いしてくれる。それは優しく私を癒《いや》したりもするのだけど、切なくさせることの方が多かった。

私は無言で、姉上の華奢《きゃしゃ》で柔らかな体を抱きしめた。


翌朝。ばあやや母上、そして姉上と父上に見送られ、明け方の軍港に立った私は、上空を見上げてあんぐりと口を開けた。

「でか……」

ヴェルナー艦隊の旗艦の大きさに、しばらく声も出なかった。

鯨なのかと思うくらい巨大な船体の脇腹には、何十もの大砲が設置されている。甲板の上には女神像が彫られた見事な船首楼。恐竜のしっぽのような船尾楼が、後方に長く伸びていた。

他にも軍港にはびっしりとヴェルナー艦隊の船が浮かんでいる。どれも旗艦とは比較にならないくらい小さくて身軽そう。それだけ旗艦が大きいということだ。

「これが『不敗の軍神』の船……」

いくつもの戦場を渡ってきた貫禄を感じさせる船に圧倒され、じっと見上げていると――。

「なにをしている。早く乗り込めよ、ルカ」

突然背後から低い声で名前を呼ばれ、ハッとして後ろを振り向く。するとそこには、軍人にしてはすらりとした長身のヴェルナー元帥の姿が。

「お、おはようございます。元帥閣下」

慌てて敬礼すると、ヴェルナー元帥は優雅にこちらに近づき、そっと私の肩を抱く。

内心で悲鳴をあげたけど、声を出すことはどうにか堪《こら》えた。

いくら軍服を着ていても、中身の骨格までは変えられない。ここで女だと気づかれたら全てがおしまいだ。

ハラハラする私とは対照的に、ヴェルナー元帥は鷹揚《おうよう》に微笑む。

「〝閣下〟はやめてくれ。俺とお前はもう兄弟同然だろう？」

吐息が顔にかかりそうな距離で囁かれ、全身がムズムズした。

戦いを終えて帰還したら、彼と姉上が結婚する。そうなると自然に、私は彼の義弟になるわけだ。

「前から、名前で呼んでいいと言っているはずだ」

「わわわ、わかりました、レオンハルト様」

早く解放してもらうため、彼の要求に従った。あんまりくっついていて、うっかり他のところを触られたら、たまらない。

「それならよし。ではついてこい。幹部と顔合わせをしなくては」

どうせなら、もう少し前に顔合わせをしておきたかった。けれど幹部もレオンハルト様も忙しく、その時間が取れなくて、結局今日になってしまった。

手を放したレオンハルト様は、私の数歩先を歩いていく。黄金色の刺繍やボタンで飾られた紺色の軍服の長い裾をなびかせる姿は、初対面の日のことを思い出させた。

やっぱり彼は、私服より軍服が似合う。

私は肩を抱かれて高鳴っていた胸を腹式呼吸で整えながら、レオンハルト様のあとをついていった。

まだ着慣れない私の軍服は、元帥のものとほとんど一緒。紺色の膝丈ジャケットの腰部分にベルトを巻き、下には白いズボン。首には白いスカーフを巻いている。髪はいつもと同じように束ねて帽子の中にしまった。

レオンハルト様との違いは、胸や肩に飾られた階級章と、刺繍やボタンの数。元帥以下の軍服は実用性が重視されているのか、装飾は限りなく少ない。

初めて見る戦艦の中をきょろきょろと観察しながら、レオンハルト様の後ろをついていくと、最後に船尾楼に案内された。会議室を兼ねているというそこには、すでに何人かの先客がいた。レオンハルト様が姿を現すと、その人たちはそろって敬礼する。

当然、全員男性だ。

「紹介しよう。先の戦いで殉職した副官の後任、ルカ・クローゼ少佐だ」

レオンハルト様に背中を押され、男性たちの前に出る。

「よろしくお願いいたします」

ぺこりと頭を下げると、明るいブラウンの髪をした五十代に見える紳士が、苦々しい顔でこちらを見つめる。

「……まだ子供じゃありませんか。陸軍から来たと聞きましたが、本当に提督の補佐役が務まるんでしょうな」

そう言われたら、なにも言い返せない。本物の男に比べて若く見えるのはたしかだし、いきなり海軍元帥の補佐役が務まるかについては、私が一番疑問に、そして不安に思っている。

「まあまあ、いいじゃないっすか、ベルツ参謀長《さんぼうちょう》。今さら陸に下ろすわけにもいかないし。クローゼ元帥の秘書として長く後方勤務をしていたそうだし、なんとかなるでしょ」

オレンジの長い癖毛を首の後ろでくくった若い男性が、笑顔で参謀長の肩を叩いた。

「俺はライナー・アルトマン。名前で呼んでくれ。階級は大将、担当は攻撃全般。よろしくな」

差し出された手をおずおずと握る。すると力強く握り返された。男らしい、たくましい手をしている。

斜めに上がった眉毛と、下がったタレ目が対照的で面白い。だがブサイクというわけではなく、女性から見たら美男子の部類に入るだろう。

「こちらはヨハネス・ベルツ参謀長。俺に作戦や用兵、その他諸々について、客観的で的確な意見をくれる貴重な人だ」

レオンハルト様にそう紹介されると、ベルツ参謀長は満足そうに背筋を伸ばした。

「そしてライナーの横にいるのが、アドルフ・シュタイベルト。操舵長だ」

「よろしく」

赤毛で二十代半ばと見られるアドルフ操舵長が、軽く頭を下げる。階級章を見ると、中将であることがわかる。他のふたりよりも筋肉が薄く、穏やかな印象の人だ。

操舵長ということは、舵取りの責任者ってことだよね。

「よろしくお願いいたします、操舵長」

「うーん、呼ばれ慣れないな。僕も名前だけでいいよ。前の副官もそうしていたから」

「あ、はい」

いいのかなあ。ライナーさんも階級は大将なのに、名前でいいって言うし……陸軍では上官を名前で呼んだりしたら、確実に張り倒される。

それにしても、参謀長以外はかなり若い。トップのレオンハルト様からして二十八歳だものね。パッと見、ベルツ参謀長の方が上官っぽい。

他にもこの船には、約二百人の兵士がいる。組織図で少尉以上の名前は覚えてきたつもりだけど、名前と顔が一致するまではかなり時間がかかりそう……。

「それにしても、まさか新しい副官がこんな美青年だとは。おい、ルカ。恋人との別れはきちんと済ませてきたか？　今回の航海は最低一ヵ月は続くぜ」

ライナーさんが、まるで友達に対するような気軽さで話しかけてくる。

「恋人なんていませんよ」

「嘘《うそ》だろ。モテそうなのに」

たしかに、私のことを本物の男と思っているお嬢さんからラブレターをもらったことは一度や二度じゃない。どれも屋敷に勝手に投函《とうかん》されていた。もちろん、どのお嬢さんの好意にも応えることはできなくて、心苦しい。

「ライナーは済ませてきたんだろうな」

レオンハルト様が、ライナーさんにいたずらっぽい視線を投げかける。

「おう、俺と別れたくないって女はたくさんいてな。昨夜だけで七人と最後の夜を過ごして寝不足よ」

済ませてきたって……そっちかい。女の敵だな。でも、あっけらかんとしていて、どこか憎めないから不思議。

「恋人はいなくとも、人生に悔いのないように、やることはやってきたんだろ、ルカ。

一部隊同士の戦闘なら平均二週間ほどで帰れるが、今回は長くなるぞ。なんたって、互いの海軍の総力を挙げた戦いだからな。死ぬ可能性もある。わかってんのか?」

どうしても仲間が欲しいのか、しつこくからかってくるライナーさん。

「ライナー、いくらルカが可愛いからって、あまりからかっちゃいけないよ。困っているじゃないか」

アドルフさんが長い前髪を揺らし、前に出る。助け舟が来た……そう思ったのに。

「そういうお前はどうなんだよ」

「してきたに決まっているじゃないか。この世に悔いを残して出航しちゃいけない。ただし昨日じゃなく、一昨日《おととい》だ」

「ああ、疲れが残っちまうといけないからか」

真面目《まじめ》な顔で、下世話な会話を当然のように繰り広げるふたり。

ちょっと待って。ここ、酒場じゃないんだよ。元帥の前でそういう話題は……。

「自分は妻と」

「なっ」

一番誠実そうなベルッ参謀長まで、乗ってきた!

「で? 正直に白状しろよ。お前は何人抱いてきたんだ? え?」

にやにやと笑いながら、馴れ馴れしく肩を抱いてくるライナーさん。

「ですから、私は……」

できるだけ低い声を出して逃げようとすると、ライナーさんの手をレオンハルト様が前からすっと握った。

「ライナー、こいつはまだまだ純情なんだよ。お前と違ってな」

ニッと笑い、ライナーさんを私から離させる。

た、助かった。

「ちぇっ、つまんねーの。レオンハルト、元帥になった途端に女と遊ばなくなったよな。ルカもこいつと一緒で周りの評判が気になるクチか?」

「俺が遊びをやめたのは、評判を落としたくないからじゃない。まあ、お前には言ってもわからないだろうよ」

余裕の表情で、自分より背の低いライナーさんを見下ろすレオンハルト様。

「ライナーは俺の士官学校の同級生なんだ。絡まれても相手にしないように」

「うわ、ひでえ。こんなやつは放っといて、仲よくしような、ルカ。女のことならなんだって教えてやるから」

「はは……」

愛想笑いを返しながら、レオンハルト様の背後にゆっくりと隠れる。

男って、下半身のことしか話す内容がないのか？ こんなのが幹部で大丈夫なのか、ヴェルナー艦隊……。

そこでふと気づく。レオンハルト様は、元帥になった途端に女と遊ばなくなったとライナーさんが言った。

元帥になったときといえば、私が参加したあの式典があった一年前。もしかして、私が変装していた『エルザ』と結婚したいとあのときから思っていて……だから他の女の人と遊ぶのをやめたのかな。

そんな風に考えついたけど、ため息をついて、取りとめのない思考を打ち切った。

彼がどれだけ『エルザ』を想っていたかなんて知りたくもない。もうその気持ちは、『ルカ』である私自身には向けられないいんだもの。

「さあ、出航の時間だ」

レオンハルト様がそう言うと、和んでいた空気が一変し、緊張したものに変わる。

こうして私は、不安ばかりが漂う大海原へ放り出されたのだった。


――ヴェルナー艦隊の一員になって、三日目。

ゴシゴシと、デッキブラシで甲板をこする。私の周りではライナーさんやアドルフさん、そしてレオンハルト様までも裸足《はだし》で濡れた足元をこすっていた。

「どうして、レオンハルト様までこんなことを？」

「掃除当番は順番に、平等に回ってくるものだ。幼年学校で習っただろ？」

レオンハルト様が笑う。軍服を着ていないので、シャツから鎖骨がのぞいている。たくましい肩のラインもいつもより強調されていた。

なぜ軍服を脱いでしまったかというと、長い裾を引きずってしまうからだそう。そうまでして部下と一緒に掃除をするとは。全く型破りな元帥閣下だ。

申し訳ないけど、こんなことは副官の仕事ではないと思っていた。しかし、『末端の兵士にやらせときゃいいじゃん』とは誰も言わない。だから私も思っていても口には出さない。

まだ敵と遭遇していない今の状況での私の仕事は、さまざまな事務処理だった。食料や燃料の消費量の計算をしたり、兵士同士のトラブルがないか確認したりするため、艦内を歩き回る。病人や怪我人に使う医薬品の数が合っているかも毎日チェックする。

なにより、レオンハルト様の身の回りの世話が一番重要な仕事。服はいつも清潔なものを着てもらわなければならないし、寝癖がついていたら、直してあげないといけない。

敵と会うまでは暇だ、と彼が言うのでワインを用意し、チェスの相手をする。いつも負けるので楽しくない。

……まあこんな感じで、地味ながらやることが多いのが副官の立場だということを痛感する日々だった。

「こうしていると、船に愛着が湧いてくるだろ」

「はあ、そうですね」

レオンハルト様は、なんでも人任せにせず自分で参加する主義なんだな。なにもしない方が威厳が保たれる気がするけど、肝心のレオンハルト様本人が、威厳など全く必要としていない様子。ヴェルナー艦隊は軍隊というより、まるで家族みたい。

水で濡れてしまわないよう、ズボンの裾を折り曲げていると、ライナーさんがこちらを向いて目を丸くした。

「白っ。しかも足首細っ」

「はい？」

「お前、足綺麗すぎんだろ！」

そう言うライナーさんの足を見ると、日焼けして、しかも入れ墨まで入っている。

すねには男らしいムダ毛まで。

「本当だ。子供みたいにつるつる」

「や、やめてください」

アドルフさんまで……。

男性に足を凝視されることなんて今までなかったので、なんとも言えない恥ずかしい気持ちになる。

仕方ないじゃないか。どれだけ願っても胸がしぼまないのと一緒で、すね毛は自分の意思では生えてこないんだもの。

「どれどれ」

レオンハルト様も掃除の手を止めて、こちらを見ようとする。

「わ、私、水を汲《く》んできます！」

『男性らしくない』と思われることは避けよう。

とりあえず、この場をリセットしようと、男らしく軽々と水桶《みずおけ》を持って走るはずが……。

――ずるんっ。

甲板を濡らしていた水で足が滑り、見事につんのめった。

「危ないっ！」

ライナーさんとアドルフさんが同時に叫んだ。

甲板にキスすることを覚悟で目をつむると、がしっとなにかに体が支えられる。その瞬間、ひやりとして目を開いた。レオンハルト様の右腕が私の体の下に伸ばされ、手のひらがちょうど私の左胸を包むようになっていた。

「ん……？」

体勢を立て直した私の前で、自分の右手をじっと見るレオンハルト様。

い、違和感が……あるのかも。

胸を触られた、というか、つかまれた恥ずかしさと、女性だとバレるんじゃないかという怯《おび》えで心臓が破裂しそうになる。せっかく転ばずに済んだのに、もう倒れそう。

「お前……」

「は、はい」

「……ハト胸？」

レオンハルト様が真面目な顔で聞いてくるので、ずっこけそうになってしまった。
ハ、ハト胸。さらしで潰しておいてよかった。
こくこくとうなずくと、レオンハルト様は「ふうん」とうなずいた。

背中をどっと冷や汗が流れた。安堵《あんど》のため息をつきながら、今度こそ注意して水桶を運んだ。誰の姿も見えなくなったところで、膝から崩れ落ちる。

「あ、危なかったーっ……」

わっしとつかまれたもの。絶対気づかれたと思った。

不敗の軍神は、戦術と戦略には精通していても、こっちの勘は鈍いと見える。安心すると同時に、微妙な思いが胸を駆け巡る。

気づかれなかった……。うん、いいことなんだよね。でも女としてのプライドは少し傷ついたかな。さらしを取って裸になれば、もっといい胸をしているのに……って、なにを考えているんだ、私は。

気づかれなくてよかったんだ。私は男だ。私は男。男の中の男……。

自分に言い聞かせるように口の中でぶつぶつ言いながら、ズボンの裾を直した。

さらに三日後。

「こらーっ！　いくらなんでも飲みすぎです！」

私は多くの下士官たちと一緒にお酒を飲んでいるライナーさんを見つけて、叱りつけていた。夕食の時間なので少したしなむくらいならなにも言わないけど、明らかに食堂が大宴会場と化してしまっている。

「いいじゃないか。敵軍との衝突まで、あと二日はあるんだろ？」

「およその計算で、二日です。敵が速度を速めていないとは限りません。そしてそのペースで飲み食いしたら、すぐに食料がなくなります！」

「なくなったら敵艦を攻撃して、物資を奪えばいいだろ」

私の説教に対し、平然と非道なことを言うライナーさん。

「なにを言っているんですか」

敵に勝つために補給線を断つ。そのために補給部隊の船を攻撃し、物資を奪うのはアリかもしれないけど、私欲のための略奪はダメでしょ。

「俺の優秀な副官の言う通りにしないか、ライナー」

突然背後で低い声がした。兵士たちは顔色を変えて敬礼すると、酒盛りしていたテーブルを超高速で片づけ始める。

振り返ると、やはりそこにはレオンハルト様がいた。

「いいか。毎回戦闘のたびに言っているが、敵に勝つまでがヴェルナー艦隊の目的だ。そのあとの略奪行為は許さないからな」

「敵艦に女が乗っていても、仲よくしちゃいけないのか？」

ライナーさんが切なげにレオンハルト様を見上げる。

兵士の心を慰めるため、また炊事洗濯のために女性を戦艦に乗せる国もあるが、うちの艦隊には女性はゼロ。レオンハルト様によると、女性を巡って兵士同士のトラブルに発展することがあるからだそう。

「却下だ。何度言わせる」

レオンハルト様は、ばっさりと言い捨てた。

「あーあ、しらけちまった。ルカ、元帥閣下は男色の人かもしれないぞ。気をつけろよー」

欲望むき出しのライナーさんにすれば、お酒にも女性にも目もくれないレオンハルト様は変人に見えているらしい。

それにしても、男色って。姉上を花嫁に所望するくらいだから、男性しか愛せないことはないはず。なのに彼が美少年士官を口説く絵を思い浮かべると、不覚にも胸がドキドキした。

「行くぞ、ルカ。お前に頼みたいことがある」

「え？　あ、はい」

ライナーさんを初め、ほとんどの兵士が片づけをしてそれぞれの船室に撤退したあとで、レオンハルト様に肩を叩かれる。食堂に背を向け、彼についていこうとした瞬間、ふとひとりの兵士に視線が留まった。

顔色がよくない。青白く痩せた兵士は、焦点が合わないような目をしている。制服の階級章から見るに、下士官のよう。はて、なんという名前だったかな。

「おい、なにをぼーっとしている」

「はいっ、今行きます！」

いけない、いけない。レオンハルト様の命令が一番だものね。あの下士官はきっと船酔いでもしてしまったんだろう。

そう決めつけ、食堂をあとにした。


元帥専用の寝室に着くと、他の下士官がお湯を運んできた。するとレオンハルト様がさっそく頼み事を口にした。

「ルカ、背中を拭いてくれ」

「はっ？」

下士官をさっさと下がらせ、服を脱ぎ始める。

「ちょ、ちょっと待ってください。今の下士官にやってもらえばよかったじゃないですか」

あっという間に軍服を脱ぎ捨てて、上半身裸になってしまったレオンハルト様を直視できず、視線を逸《そ》らす。

「いや、これは副官の仕事だ」

「前の副官もやっていたんですか？」

「いいや。ごついおっさんにやってもらう気にはならない」

前の副官、ごつかったんだ……。

「お前は気が利きそうだから。手もほら、こんなに細くて優しそうだ」

悪気のない顔で柔らかく右手を握られ、とくんと胸が跳ねた。

「し、仕方ないですね。お背中だけですよ」

私はすでに準備されていた新しい布を持ち、レオンハルト様を椅子に座らせた。

船の中では水は貴重品。陸のようにお風呂に入れることは、まずない。そのため、兵士たちは体拭きで清潔を保っている。

私も例外ではなく、いつも誰もいない船艇の牢屋《ろうや》の隅に隠れて清拭《せいしき》し、他の兵士たちと寝床を並べている。豪快ないびきをかく者や歯ぎしりをする者がいて苦痛だけれど、仕方ない。

元帥以下の者はみんな、何部屋かに分かれて雑魚寝《ざこね》している。私だけ別の場所に行こうとすれば不審に思われるから、わがままを通すつもりもなかった。

とにかく、お湯に布を浸して固く絞る。それをゆっくりとレオンハルト様の背中に触れさせた。

艶やかな肌が男性らしい筋肉を覆っている。肩甲骨の周りが盛り上がり、背中の真ん中に一本の線が現れていた。肩もほどほどに隆起しており、背中と絶妙なバランスを誇っている。

「レオンハルト様は、どうして姉上を花嫁にしようと思ったのですか?」

無言だと間がもたないのでなにか話そうと試みた結果、このような質問を口走っていた。

「ん? ああ……一年と少し前に軍の式典で会ったことがあってな。そのときの印象が強くて」

「どのような印象だったんです?」

たくましい体を拭きながら質問を重ねる。

「とにかく勇気があるな。貴族に対して堂々とケンカを売っていた。全然おどおどせず、毅然《きぜん》とした表情で。なんという無茶をする女性だと思ったよ」

あのときは、嫌がらせをされている女性を助けるというよりも、痴漢などという卑劣な行為をする男を許してはいけないという気持ちが強かった。短絡的な行動であったと言われればその通りで、反論はできない。

「放っておけないという気持ちと、もっと無茶をする姿を見てみたいという気持ちが両方あるな。矛盾しているが」

レオンハルト様が低い声で笑い、背中が揺れた。

「はい、終わりましたよ」

「ありがとう。いい手加減だった」

背中を拭き終わり、布をレオンハルト様に渡す。彼は自分で胸や脇腹を拭く。胸板は厚く、腹筋は六つに割れていた。たくましい彼を見ていると、自然と胸が高鳴る自分を感じる。

もっと無茶をする姿を見てみたい、か。姉上は基本的に優しい性格だから、あまり無茶はしないんだけどな。

清拭の終わった布をお湯の入った桶に戻すと、レオンハルト様が思い出したように話をもとに戻す。

「あのときのエルザ嬢の凛《りん》とした美しさを忘れたことはない。機会があればクローゼ元帥……お前の父上に挨拶して会わせてもらおうと思っていたんだが、あのあと、ほとんど陸上にいなかったからな」

彼の口から自分のことが語られるたび、頬が熱くなる。

聞かなきゃよかった……。

「そうですか。そう思っていただけて姉上は幸せ者です。では、私はこれで」

まるで麻薬のように、甘い言葉が私の神経を侵食していく。これ以上聞いてはいけない。

早く用事を済ませ、部屋から出ていこうとした私の腕を、がしりとレオンハルト様がつかんだ。

「あの、なにを」

「今度は俺が拭いてやる。服を脱げ」

「はあっ!?」

悪気のない顔で笑ったレオンハルト様が、手を伸ばしてくる。

「いつも思っていたんだが、船室の中で帽子を被る必要はないんじゃないか。表情がよく見えない」

「あっ！」

すっと立ち上がったと思ったら、視界を狭くしていた帽子のつばをつまみ、ぽいと部屋の隅にあるベッドに放り投げるレオンハルト様。

帽子の縁に引っ張られたはずみで、髪の毛をくくっていた紐《ひも》が解《ほど》けてしまった。解放された亜麻色の髪が、ぱさりと揺れて肩と背中に落ちる。

「……ほう。そうしていると、本当にエルザ嬢に瓜ふたつだ」

レオンハルト様が目を大きく開き、頬に髪がかかった私をじっと見つめている。

「さあ、脱ぐがいい」

今度は軍服に手をかけようとする。

ちょっと待って～！

「だだ、大丈夫です。布の両端を持って後ろに回してゴシゴシと……とにかく、自分でやりますからっ」

身を守るように両腕を抱き、後ずさる。

「遠慮するな」

追いつめてくるレオンハルト様。

「そうじゃなくて……」

「慌てすぎだろう。女でもあるまいし」

女だよ、正真正銘の！

叫びそうになった言葉を、すんでのところで堪える。ついに壁際に追い込まれ、絶体絶命に。ドンと背中を壁にしたたかに打ちつけたとき、足元が滑った。

「きゃあっ！」

「うわ」

自分自身を抱いていたので咄嗟《とっさ》にはバランスが取れず、無様に転んで背中と頭を床に打ちつけた。その上に大きな影が覆い被さってくる。

痛みで涙がにじんだ目を開ける。ぱちぱちと瞬《まばた》きをすると、クリアになった視界を、レオンハルト様の左右対称な美しい目鼻立ちが占領した。

アンバーの瞳と目が合う。触れ合ってしまいそうなお互いの鼻の先。

「おい、大丈夫か……」

彼が声を発すれば、温かい息が私の唇にかかる。たくましい裸の肩まで視界に認めたそのとき、思わず悲鳴をあげていた。

「嫌ああっ！」

私は必死で、四つん這《ば》いになっていたレオンハルト様の下から抜け出す。どうやら一緒に転んでしまったようだと気づいたのは、椅子を頼りに砕けそうな腰でなんとか立ち上がったときだった。

「おいおい、人を強姦魔《ごうかんま》扱いするなよ」

よいしょ、と立ち上がるレオンハルト様を正視することは、もう叶《かな》わなかった。

「失礼いたしますっ‼」

壁に沿ってベッドの上の帽子をつかむと、レオンハルト様に背中を向けて全力で扉を開け、そして閉める。その隙間から、きょとんとした顔のレオンハルト様が見えたような気がした。

夜風を求めて、甲板まで走った。暗い甲板には見張りの兵士以外は誰もいなくて、そこでどっと力が抜けた。

ちょっと今のは、刺激が強すぎた……。

夜の風で、裸のレオンハルト様にのしかかられた記憶を吹き飛ばそうと、頭を横に振る。

けれどなかなか、彼の姿を海原の彼方《かなた》に追い出すことはできなかった。

勝利のあとで暴かれた秘密

男性らしく隆起した肩。なにひとつ纏っていないそれから繋《つな》がる長い首。シャープなあごを持ったレオンハルト様の顔が近づいてくる。

「ルカ」

彼の唇が私の名を紡ぐ。アンバーの瞳が私だけを見つめていた。

「あ……」

大きな手のひらと長い指が、いつの間にか解放されて空気にさらされている私の乳房を包んだ。

意識せずとも漏れる声を塞ぐように、唇を合わせられる。貪るように口づけられ、体の中心に灯った火が煽《あお》られて余計に燃える。

「んんっ」

みんながいる船内でこんなことをしちゃダメ。それに、あなたは姉上の婚約者なんだから。

もうダメ、ダメだったら……。

「ふわあ……っ！」

毛布がめくれ上がり、視界を占領していたレオンハルト様を隠す。自分が飛び起きたことに気づくまで、ゆうに五秒はかかってしまった。

な、な、なんという夢を見てしまったのか……。

ドッドッと馬の群れが疾走していくくらいの音をたてている心臓を落ち着けようと、まぶたを閉じて深呼吸をする。

その目を開けると、ライナーさんと彼の部下数人が、私をのぞき込むようにして囲んでいた。

「わあっ」

「お前、なんつういやらしい声出して寝てんだよ。女子か」

にやにやとほくそ笑んでいるライナーさん。軍服を脱いだ彼の、長いオレンジ色の髪が目の前に広がる。

「で、どんな夢見てたんだ？　お兄さんに教えてごらん」

「べべべべべ、別に、ライナーさんが喜ぶような夢は見ていません！　断じてっ！」

しまった、寝言を言っていたとは。

自分がどんな声を出していたのかわからず、しかもそれを雑魚寝している兵士たちに聞かれてしまった。消えてしまいたい……。

山型に立てた膝に顔をうずめる。と同時に、深い深いため息が出た。

昨夜あんなことがあったせいだ。全部全部、レオンハルト様のせいだ。

彼は私が生物学上は女だということを、嫌というほどつきつけてくる。それが故意でないにしても、迷惑極まりない。

自分が女だということを忘れられたら、どんなにいいだろう。胸の膨らみも、ひと月に一回必ず訪れる不快な生理現象も、不必要だからなくなってしまえばいいのに。

「はは。純情青年もいろいろあるんだな。気をつけろよ、女みたいな顔でそんな声出して寝てたら、男色の元帥閣下に襲われちまうぞ」

頭をわしわしとなでてくるライナーさんの手を払いのける。

「下品な冗談はやめてください！　さあ、早く寝た寝た！　敵と衝突したら眠れなくなるんですからねっ」

「みんなを起こしたの、お前だっつうの」

「まあまあ、ライナー大将。クローゼ少佐の言う通りです。寝ましょう」

ライナーさんの部下たちがくすくす笑いながら、その場を収めてくれた。

「それにしても、色っぽい寝顔だったたな。まるで乙女《おとめ》だった」

ライナーさんが自分の寝床に戻る間際にきわどいセリフを残していくから、内心ドキリとした。

胸に巻いているさらしが緩んでいないか確認する。

誰にもバレてはいないようだけど、これからはもっと気をつけなくちゃ。鉄仮面でもつけて寝ようか……。ひと昔前の、全身を覆う鉄の甲冑《かっちゅう》を着て過ごすのが一番いいかもしれない。

いや、それでは周りから余計に不審がられる。

考えすぎていたら眠れなくなってしまった。仕方がないので医務室へ行き、ごく軽い睡眠薬をもらって、再び寝床に潜り込んだ。

次の日、私はレオンハルト様の執務室に呼ばれていた。

テーブルの上に海図を広げ、それをレオンハルト様、ベルツ参謀長、アドルフさん、ライナーさんと私で囲む。

「偵察艦の報告によると、敵艦隊の第一隊がこの辺りにいるとのことです」

「ほぼ計算通りだな」

アドルフさんが海図の上に、敵艦を模した船の模型をぽんと置く。ライナーさんが腕組みをしてそれを見下ろした。

「気になるのはその数ですな。全軍纏めてかかってくるというわけではなさそうだ」

ベルツ参謀長が、あごに生えている髭をなでた。

「いきなり全軍投入するわけはないとしても、問題はどうやって他艦隊が動くかですよね。おそらく一番力のある艦は最後に出てくるでしょうし」

レオンハルト様は艦隊のトップでありながら、後方で指揮を執るということはしないらしい。

そういえば彼は、『身内だけ安全な場所に隠しておいて、関係のない兵士ばかりを前線に送って戦わせる貴族どもを軽蔑しています』と父上に言っていたっけ。とにかく最前線に真っ先に出ていく提督は、世界中の艦隊を探してもレオンハルト様くらいのものだろう。

敵は艦隊をいくつかに分けて攻撃してくるものと思われる。あっちの提督を乗せた艦は、最後尾で部下たちに守られているはず。

「ここら辺は海流が複雑だからな。敵が向かってくる方向は自然とわかる」

「おっしゃる通りです」

アドルフさんがレオンハルト様の言葉にうなずく。

いくら海がだだっ広いといっても、どこでも自由に通れるわけではない。潮の流れがぶつかるところ、渦を巻いているところと、船が通れない場所はあちこちにある。

「できるだけ犠牲を出さずに勝ちたいものだ」

ひとりごとみたいにそう零したレオンハルト様は、真剣な顔で海図を見つめる。まるでそこから回答を見いだそうとするように。

「衝突まであと何時間くらいだ、ルカ」

「約二十三時間ほどかと」

両軍の速度と潮の流れから頭の中で計算し、答えを導き出すと、レオンハルト様は満足げにうなずいた。

「よし。二十二時間後に、各艦に作戦を伝達する。お前たちには決まり次第連絡する」

あまり早くから作戦を伝達すると、敵の偵察艦に知られてしまう恐れがあるということか。考えたくないけど、この艦内に敵国のスパイがいないとも言いきれない。

「明日が待ち遠しいな」

ライナーさんの目が、今まで見たこともないくらい生気に満ちて輝いた。彼はレオンハルト様と違い、好戦的な性格らしい。

私とライナーさん、アドルフさんで執務室を出ていく。レオンハルト様とベルツ参謀長は、作戦についてふたりで話し合うという。

「ようやく戦えるな。腕が鳴るぜ」

「僕は気が重いよ。この辺りは潮の流れが独特だ。時間によっては変なところにいると渦に巻き込まれてしまう。気が抜けない」

ライナーさんとアドルフさんの会話を聞きながら、ふたりの後ろを歩く。敵との衝突を控え、すれ違う兵士たちの間に緊張の色が見て取れた。

そういう私も例外ではない。今まで陸軍に所属していたとはいえ、後方勤務しかしてこなかったので、戦地に居合わせるのは今回が初めて。私にレオンハルト様の補佐役がきちんと務まるだろうか。

そういった不安を持ちつつも、ライナーさんが高揚する気分もわかる気がした。私はいまだ、レオンハルト様の一面しか見ていない。彼が大艦隊をどのように指揮していくのかという点には大いに興味がある。

「僕は舵場に戻るよ。部下に任せきりじゃいけないからね」

アドルフさんが言う。

「はい。ではまた」

「俺も行くわ。じゃあな、副官殿」

ライナーさんはスキップしそうな勢いで、砲撃手たちがいる船室の方へと消えていった。

「よし、私は……いつもの仕事を」

悲しいくらい地味だとしても、物資の管理も大事な仕事だもの。

そう自分に言い聞かせて船内を歩いていると、とある兵士から声をかけられた。

「恐れ入ります、クローゼ少佐」

「はい？」

正面から挨拶をしてきたのは、灰色の髪とおそろいの色の瞳を持つ、おそらく私と同年代くらいの若い男だった。

そういえばこの人、見たことがある。この前ライナーさんが夕食のあとに宴会を開いていたとき、隅っこに座っていた顔色の悪かった兵士だ。

「私はクリストフ・フォルカーと申します」

彼は私と目を合わせておきながら、すぐに視線を逸らす。この焦点が合わないような目つきも印象に残っている。左腕に縫いつけられた白地に十字のマークが、彼が衛生兵だということを表していた。

「少佐殿にお伝えしたいことが」

「なんでしょう」

「できれば、人気《ひとけ》のないところで」

クリストフの灰色の瞳が怪しい光を漂わせる。

いったいなんだろう。物資や薬をこっそり懐に入れる兵士がいるとか？　そういう密告なら聞かずにはいられない。

気になった私はうなずき、クリストフに誘われるまま、人のいない方へと歩いた。

やがて誰もいない倉庫が並ぶ廊下の奥にたどり着くと、クリストフがやっと、もったいぶっていた口を開いた。

「お付き合いくださり、ありがとうございます。実は……私は初めてお見かけしたときから、あなたをお慕いしておりまして」

「……はい？」

いったいどんな密告かと思ってついてきたのに、クリストフは予想外の言葉を口にする。

「お慕いって……」

「私は医者を目指しておりました。けれどこのたび無理やり入隊させられ、ここにいる次第です。もともと戦いたくてこの船に乗ったわけではありません」

「で？」

なんの脈絡もなく、いきなりべらべらと自分のことを話しだしたクリストフ。

結局なにが言いたいんだろう？　聞き返す声が、ちょっと意地悪い響きを帯びてしまったのは許してもらいたい。

「あっ！」

「え？」

突然クリストフが私の背後を指差すので、思わず振り向いてしまった。彼に背を向けたその瞬間、がばりと抱きつかれる。当然、背後にはなにもなかった。

「きゃああ！」

「明日、敵と衝突すると聞き、怖くてたまらないのです。少佐、あなたが口づけを与えてくれるなら、私に取り憑《つ》く臆病な悪魔もたちまち退散するでしょう」

耳元で囁く声が掠れていて、気持ち悪い。なんとか逃げようとすれど、両腕を封じるように抱きしめられてしまっている。

「手を放せ！　見た目が女っぽいからといって見くびるな！」

「わかっています。私は男にしか興味がありません」

そういうことじゃなくて。

華奢な見た目からは想像がつかないくらい、クリストフの腕力は強く、私を放そうとしない。

「あなたのような美しい青年は初めて見ました。さあ、怖がらず、私に全てを任せて。男色の経験は？」

「あるか！」

そう答えると、クリストフが耳元で不気味にほくそ笑んだ。掠れた「ふふっ」という音が、唇の端から漏れ聞こえた気がする。

「では戸惑うのも無理はありません。しかし、大丈夫です。大事にします。優しくしますから……」

聞いているうちに、ぞわぞわと鳥肌が立つ。

こいつ、初めての船旅で船酔いしすぎておかしくなってしまったんじゃ。

一刻も早く逃れようと体をよじっていると、ピチャッと耳元で不快な音がした。耳たぶが冷たい。

これって、これって……耳、なめられた⁉

「ひいいいい！」

誰か助けて！

足をジタバタしていると、私を拘束する腕の力がふっと緩んだ。

その隙にクリストフから逃れ、反撃してやろうと振り返る。その瞬間、動きが止まってしまった。

なぜなら、クリストフも完全に動きを止めていたから。息さえ止めているようにも見えた。両手を肩の高さまで上げた彼のこめかみに、冷たい銃口がつきつけられていたのだ。

小銃を持っていたのは……。

「レオンハルト様！」

ベルツ参謀長と会議をしているはずの彼が、なぜここに。

ぱちぱちと瞬きをすると、レオンハルト様は、ますます顔色を悪くしたクリストフを凍りつくような視線で射抜いた。

「俺の副官になにか用か、若いの」

低い声でそう尋ねられ、クリストフは余計になにも言えなくなっている。

「やれやれ。自分より弱そうなやつにしか雄弁になれないのか。不憫《ふびん》なやつだな」

呆《あき》れた顔で、小銃をこめかみから離すレオンハルト様。その瞬間にホッとしたのは私は
クリストフだけじゃない。私もだった。

「戦闘が怖いなら、帝国に帰るまでずっと牢で謹慎するがいい」

「申し訳ありません、提督。私は本当に少佐をお慕いしており……」

最悪な釈明だ。こいつ、本当に頭が悪いんじゃないか。他人の怪我や病気を治すより先に、自分の頭をなんとかしなよ。

不快に思ったのは、レオンハルト様も一緒だったらしい。

「好きならなにをしてもいいのか？　嫌がられているんだから、さっさと諦めろよ。空気の読めないやつは軍の足並みを乱しかねない」

「そんな……」

厳しいレオンハルト様の声が廊下に響く。

「話を少し聞かせてもらったが、戦闘が怖いだと？　臆病者は俺の軍隊にはいらない。謹慎が嫌なら、泳いで国まで帰るがいい。さあ来い、見送ってやろう」

長身のレオンハルト様が、華奢なクリストフの襟をがしりとつかんで、甲板の方へ歩きだす。

いけない、本当にクリストフを海に投げ入れてしまいそう。

私は必死でレオンハルト様の腕にしがみついた。

「レオンハルト様、冷静になってください」

「俺はいつも冷静だ」

「では、その手をお放しください。私はもう気にしていません。ちょっと気持ち悪かったですけど、彼にいなくなってほしいとまでは思いません」

気持ち悪かったと言われ、クリストフはショックを受けたような顔をした。レオンハルト様は私に呆れ顔を向ける。

「だが、それでは隊の規律が」

「こんな小さなことで、部下を厳しく処分する狭量な提督だと思われてしまっていいんですか？　その方が兵士の士気に関わりますよ」

私を殺そうとか脅そうとかしたなら許さないけど、クリストフはちょっと変なだけだもの。

医者を目指していたのに徴兵されてしまったという事情にも同情するし、戦闘が怖いのもわかる。誰かを心の支えにしたかった。クリストフにとって、それがたまたま私だったというわけだ。

「ちっ」

レオンハルト様は舌打ちをして、クリストフの襟から手を放した。彼は解放された首を押さえ、はあはあと大きく息をする。

「お前、ルカに救われたな。もう恩人に嫌がらせをするんじゃないぞ」

「はい、申し訳ありませんでした」

まるで幼年学校の教師のような言い方のレオンハルト様と、素直に謝る生徒みたいなクリストフ。彼は無罪放免とされ、逃げるように走り去っていく。

「お前なあ……もう少し筋肉をつけろよ。後ろから抱きつかれてなにもできないって、なんだよ。もし敵と白兵戦になったら真っ先に死ぬぞ」

「ですよね……」

誰もいなくなり、レオンハルト様が腕組みして私を見下ろす。

「仕方ないな。今後は常に俺のそばにいろ」

「えっ？」

「その見た目じゃ、同じようなトラブルが起きかねないからな。常に俺に張りついていれば、あいつみたいなおかしなのは寄ってこないだろ」

たしかにレオンハルト様がそばにいたら、下士官がやたらと話しかけてくるってことはなくなるだろう。

「どうしてだろうな。顔が似ているだけで、エルザ嬢とは別人なのに、お前が俺以外の男に言い寄られているのを見るのは不愉快極まりない」

レオンハルト様は自問するようにぶつぶつと呟《つぶや》く。

「あのう、レオンハルト様？」

「おお、そうだ。とにかく、今日から俺と同じ寝室で寝ること。昼間も極力俺のそばにいろ」

「ええっ」

レオンハルト様と同じ寝室で寝るなんて。また体を拭き合おうとか言われたら、ピンチじゃないの。

……いや、待てよ。敵と衝突したら、のんびり眠っている暇はないんじゃ？　レオンハルト様は私より作戦図を見つめるはずだし。この前のように、あまり全力で拒否しても疑いをかけられかねない。

「そ、そうですね……」

曖昧に返事をした。

とりあえず今夜は同じ部屋で眠るとして、明日以降はどうなるかわからない。無事に生きていたらそのとき考えよう。

「そういえば、レオンハルト様はどうしてここに？」

「ああ、だいたいの作戦はすぐ決まった。それをお前にも知らせておこうと思ってな」

なるほど。それで私を探してくれたんだ。

「助かりました。ありがとうございます」

ぺこりと頭を下げると、レオンハルト様は照れたような顔で咳払《せきばら》いした。

「お前、男のくせに無駄に可愛いんだよ」

そう言って、大きな手で私の帽子ごとぐしゃぐしゃと頭をなでる。

他の男に触れられるのはあんなに嫌だったのに、レオンハルト様の手は全然嫌じゃなかった。


そんなこんなで、レオンハルト様と同じ部屋で寝ることになった私。ライナーさんたちには『付きっきりでレオンハルト様の世話をするため』と、その理由を説明した。

さらしをきつく巻き、シャツのボタンを一番上まできっちり留め、彼専用の大きなソファに体を横たえたけど……。

「眠れるか……」

口の中で小さく言って、むくりと上半身を起こす。

私を寝かせてくれないのは、レオンハルト様と一緒に寝なければいけない緊張よりも、翌日にとうとう敵軍と衝突することに対する恐れと興奮だった。

あのあと、幹部だけが集まった夕食の席でレオンハルト様から聞かされた作戦は、とんでもないものだった。

果たしてそのような作戦が本当に成功するのか。頭の中でシミュレーションすればするほど不安になってくる。

それなのに他の幹部は誰ひとり、彼の作戦を否定しなかった。それはレオンハルト様が今まで積み重ねてきた功績による信頼の賜物《たまもの》だろう。

ちら、とレオンハルト様のベッドの方を見る。彼は長身を横たえ、静かな眠りに就いていた。

私も再び横になり、まぶたを閉じた。眠れなくても、体は休めておかなくちゃいけない。

しかし真っ暗になった視界に、不意に一年前のレオンハルト様が現れた。

運命とは、なんと意地悪なのか。女として生まれた人生を否定され、男として生きることを強要され、初恋の相手に自分の正体を明かすこともできない。

……ん？ 今、私、なんて思った？ 『初恋の相手』だって？

自分の思考に自分で赤面する。

初めて会ったときから、レオンハルト様は私の心の中で重要な位置を占めていて、再会できる日を夢見ていた。その気持ちは厳重に軍服の中に隠さねばならなかった。

私、レオンハルト様が好きなの？

そう考えると、ますます頬と胸が熱くなってきた。

バカなことを考えている場合じゃない。今は眠ることに集中しないと。


寝なければ、と考えれば考えるほど、頭の中は艦隊のこととレオンハルト様との思い出でぐちゃぐちゃになり、結局なかなか寝つけないまま朝を迎えてしまった。

レオンハルト様の起床予定時間より早く起き……といっても、ほとんど眠れていなかったことは胸にしまっておこう。

とにかく起き上がってレオンハルト様の方を見る。

まだ寝ているな。よしよし。

シャツのボタンを外し、寝ている間に緩んでしまったさらしを手早く直す。布の間から胸の肉がはみ出してしまっている。これはいけない。

「ん……」

ビクッと肩が震えた。こっちに背を向けて寝ていたはずのレオンハルト様が大きく寝返りを打ったから。

その瞳がうっすら開いていたように見えて、血の気が引く。夢中で毛布を手繰り寄せ、胸を隠した。

「……もう、朝か？」

獣が唸《うな》るような声でレオンハルト様が尋ねる。

見られていなかった？

彼はなにかを気にする様子もなく、大きく伸びをする。

「どうした、寒いのか」

毛布を手繰り寄せた格好で固まった私を見て、レオンハルト様はやっと覚醒したような顔をした。ぎし、と音をたててベッドから下りて、こちらに近づいてくる。

「いいえ、全然！」

毛布の下で必死に手を動かす。さらしをきつく縛り、シャツのボタンを留める。その間、レオンハルト様はたった五歩ほど歩いただけで私の目の前に。

「なにをこそこそしている？」

彼の手が毛布をつかみ、バッと取り去った。

「なにも……えへ」

笑う顔が引きつった。

危なかった……なんとか鎖骨までシャツのボタンを留めきった。人間、死ぬ気になればなんとかなるもんだ。

レオンハルト様の横をすり抜け、吊《つ》るしてあった軍服をつかんで彼に背を向け、素早く袖を通す。しっかり前を閉め、振り返った。

「おはようございます、レオンハルト様！」

「お、おお」

レオンハルト様は、息を切らせた私を見て怪訝《けげん》な顔をしていたけど、「まあいいか」と言って着替え始める。

ああ、危なかった。今度こそバレるかと思った。初陣前にどっと疲れちゃった。

私は着替えるレオンハルト様を直視しないように気をつけながら、「朝食を用意します」と言って部屋の外へ出た。

海より深いため息が出たことは、言うまでもない。


「さて、そろそろだな」

起床から五時間後。各艦に作戦が伝達された。

船尾にあるレオンハルト様の船室から出るとすぐ、大きくて重そうな操舵輪がある。

そこではすでにアドルフさんが舵を握っていた。

船を半分に縦断する線上に建てられた、太い三本のマスト。巨人が胸を張るように、それぞれの白い帆が追い風を受けて膨らんでいる。

「いい風だ」

もうすぐ正午になろうという空は、ところどころに灰色の雲を浮かばせている。私の帽子を吹き飛ばしてしまいそうな強い風が、レオンハルト様の軍服の裾を揺らした。

レオンハルト様が船尾から船首へ向かって歩きだす。私はその後ろをついていく。途中で、大砲のそばで控えている兵士たちが彼に敬礼した。

船首には、船の側面に並んでいるものよりもひと回り大きな大砲が三門並んでいる。その主砲を任されているのはライナーさんだ。

「よう提督、そろそろかな」

「ああ。攻撃は頼んだ」

ライナーさんに短い挨拶をすると、大砲の真横にある階段を上り、甲板全体が見渡せる船首楼の上へ。そこから背後を見ると、ヴェルナー艦隊の他の船が、指示された通りの隊列を整然と組んで航行しているのが見えた。

この船は旗艦でありながら、本当に最前線にいる。それを実感し、ごくわずかに全身が震えた。

「……おいでなさったぞ。敵軍だ」

レオンハルト様が呟いた。隊列を眺めていた視線を前方に送ると、水平線の向こうから黒い点がぽつぽつと現れ始めた。

「エカベト軍……」

口から零れた声が掠れていた。

あの黒い点は敵軍の船だ。灰色の雲が多くなり、風のせいか大きく波を打つ水面に、円状の模様が浮かび上がる。

「ちっ、雨かよ」

砲台から忌々《いまいま》しげなライナーさんの舌打ちが聞こえてきた。

「視界が悪くなりますね」

「ああ。まあこれくらいなら大丈夫だろ」

そうなのかな。たしかに雨は小雨という規模で、嵐にはなりそうにない。悠然としたレオンハルト様の言葉を信じることにしよう。

黒く塗られたエカベト軍の艦隊が、横に広がっていた隊列を紡錘形《ぼうすいけい》に集中させながら猛然と近づいてくる。一番大きな船は最後尾にいるようだ。あれが敵の旗艦だろう。

「そろそろだ。ライナー、準備はいいか」

「いつでも！」

レオンハルト様の顔には、焦りとか緊張といったものは浮かんでいない。その代わり、勇猛な神が宿ったように、アンバーの瞳が恒星のような輝きを放つ。

彼が長い右腕を空に向かって上げる。ライナーさんの部下たち……ずらりと並ぶ大砲の砲手たちが息を呑む音が聞こえてきそう。

視界が黒く染まっていく。エカベト軍の船がこちらの船首に肉薄してきた、そのとき。やっとレオンハルト様が右手を下ろした。

「撃て！」

その声が響いたと同時、敵軍の大砲が火を噴いた。少し遅れてライナーさんの主砲が放たれ、暗い海上に光の花を咲かせた。

身軽な敵艦たちは、こちらの旗艦を取り囲むように前進してくる。それを船側面の大砲と、後ろに並んでいる艦隊が砲撃した。

ライナーさんの主砲をもろに受けた敵船が真っぷたつに折れ、海の中に沈んでいく。かと思えば、敵の砲弾を受けたこちらの甲板の端っこで木材がはじけ飛んだ。船が振動で揺れる。

「わわっ」

足元が左右に揺さぶられ、バランスを崩してよろけてしまう。

なんということ。全然まっすぐ立っていられない。

「おっと。ふらふらしていると危ないぞ」

マストにつかまったレオンハルト様が、私を引き寄せて肩を抱く。今にも転んでしまいそうな私は遠慮なく彼の体につかまった。

「よし、帆を調整しろ。後ろに流れる潮に乗れ」

少しの戦闘のあと、レオンハルト様はそう命じた。

船体は揺れつつ、彼の命令通りに後退するように潮の流れに乗る。

敵の砲撃を避けながら、味方艦隊がそろって右斜め後ろに流れていく。そうすれば当然、敵艦隊は私たちを追いつめるように向かってくる。

「ライナー、張り切りすぎるなよ」

「わかってるよ、元帥閣下！」

ある程度やり返しながら、ゆっくりと流される。敵軍が迫ってくる。

「時間だ」

レオンハルト様が胸ポケットから懐中時計を取り出し、時間を確認した。彼は風が強まってうねる海面に視線を投げ、ニッと笑う。

「アドルフ、巻き込まれるなよ！　全艦、五時の方向へ前進！」

新たな指令が飛んだ瞬間、獣が喉を鳴らすような音が船尾の方から聞こえてきた。

この辺りの海流は複雑で、時間によって海面に渦が発生する。その渦がちょうど、私たちの味方艦隊の左斜め後ろに現れたのだ。

自然に、私たちに猛追をかけていた敵艦隊は、その渦に向かっていくことになる。

敵艦隊の最前線にいた船たちが流れにあらがえず、まだ小さな渦に舵を取られ、航行不能になる。

「うまくいきそうだ」

レオンハルト様が渦を振り返る。すでに敵艦隊の前線の船たちが渦に巻き込まれ始めている。悲鳴と怒号が、海の底に引きずり込まれていく。

渦を背後に全速前進して離脱するヴェルナー艦隊と、最後尾にいた敵の旗艦の船首同士が、鼻を掠めるようにすれ違う。前線の船がいなくなったせいで、最後尾にいた敵の旗艦がおのずとヴェルナー艦隊に一番接近したのだ。

その瞬間、敵旗艦からカギ爪のついたロープが何本も投げ込まれた。

「船を捨てて乗り込んでくる気か。構わん、前進しろ！」

スピードを出しすぎていたせいで自制が利かず、大きな口を開ける渦の中に次々と呑み込まれていく敵艦隊。

敵の戦艦同士がぶつかり、軋《きし》み、折れ曲がり、無慈悲な深淵《しんえん》に沈んでいく。ヴェルナー艦隊は死の渦から逃れるために全力で離脱し続ける。

引っかけられたロープは空中で振り回される結果となり、遠心力でカギ爪が外れ、なんとかつかまっていた敵兵は、悲鳴をあげながら冷たい海面へ落下していった。

渦から離脱したヴェルナー艦隊は、船首を反対方向に向けながら、まだ目と鼻の先にいる敵旗艦に砲撃を浴びせる。敵旗艦は少しの間持ちこたえたけれど、こちらの砲撃に押されて後退するうちに、船首から渦に近づいていく形となり、やがて舵が取れなくなった。

くるくると踊りながら渦に突っ込んでいく敵旗艦。それを見ているとを寒気がした。

あの中にもヴェルナー艦隊と同じく、何百人もの兵士が乗っている……。

「撃ち方やめ！」

レオンハルト様が声を張り上げると、砲手たちはピタリと動きを止める。とうとう敵旗艦が渦の中心にその艦体の半分を預けて傾いた。ごぼごぼと唸りながら沈没していく船体の周りに、白い泡が立つ。

黒く塗られた巨大な艦体。長く伸びた船首が、助けを求める腕のように、空へまっすぐ伸びていた。

海に投げ出された兵士たちの悲鳴も、すぐに聞こえなくなる。全ては海の深淵の中に消えていった。

「勝った……」

雨粒が頬を叩く。瞬きをすると、まつげから滴《しずく》が落ちた。

艦隊同士の戦いって、もっと激しい砲撃の応酬があるものと思っていた。けれどレオンハルト様は、最低限の攻撃と防御で敵艦隊を海の底に沈めてしまった。

ホッと息をつき、気づいた。

私、左右に激しく揺さぶられる甲板の上で立っているのがやっとで、レオンハルト様にしがみつきっぱなしだった。

「も、申し訳ありません！」

敵軍を引きつけるため、最適な加減で大砲を撃つという職人技を見せつけたライナーさんに、難しい船の舵取りをいとも簡単に成し遂げたアドルフさん。そして、派手に目立ちはせずとも、この作戦をレオンハルト様と一緒に立て、そつなく運用してしまうベルツ参謀長。

みんなはしっかり役に立ったのに、私はレオンハルト様にくっついていただけ。いろいろな意味で恥ずかしい。頬に熱が集中していく。

「あーあ、物足りないな。まあ、勝ったからいいか」

ライナーさんは両手を頭の上で組み、ふうと息をついた。

「皆の者、ご苦労だった。我が軍の勝利だ」

レオンハルト様がそう言うと、甲板にいた兵士たちから緊張が解けていく。彼らは近くにいる仲間たちと勝利を喜び合った。

「どうだ、ルカ。初めて前線に立った気分は」

兵士たちの方を向いていたレオンハルト様が振り返り、私に笑いかける。

「ええ……そうですね、なんというか……レオンハルト様が不敗の軍神と呼ばれる理由がわかりました」

渦に敵艦隊をおびき寄せて沈めてしまうとは。思いつきはしても、これほど華麗に実行してしまう人はいない。そして、見事に成功させてしまう人は、それ以上にいないだろう。

「素晴らしいです。むやみに敵と衝突するより、味方の犠牲がかなり少なく済みます」

素直に賛辞を贈ると、レオンハルト様はにやりと不敵に笑った。

「美しい副官に褒めてもらえて光栄だな。しかし、勝利は俺の作戦と指揮だけでつかめるものじゃない。ここにいるみんなのおかげだ」

みんなのおかげ、だって。陸軍でそんなことを言う上官はいなかった。軍人はみんな、自分の武勲を立てることだけに必死になっていると思っていた。

戦場を見るのが嫌になったというレオンハルト様。やっぱりこの人は普通の軍人とはひと味違う。

「……そういう考え方も、好きです」

「ん？」

意外な言葉を聞いたようなレオンハルト様の顔を見て、急に恥ずかしくなった。

『好き』だなんて、私、なにを言っているんだろう……。

「さ、さあ、ここからが私の仕事ですね！　レオンハルト様はゆっくりお休みになってください」

かろうじて生き残り、波の上を頼りなげに漂っている敵艦の処理。味方の損害の分析。どれだけの物資を使い、どれだけ残っているかの把握……などなど、後処理が山のように頭の中に積み上がる。

レオンハルト様より先に船内に戻ろうとして、目を見張った。

全て落ちてしまったと思っていた敵のカギ爪がひとつ、レオンハルト様の背後の縁に残っている。そこに指らしきものが見えたと思うと、あっという間にひとりの人影が踊り出た。

それは、全身ずぶ濡れの敵兵だった。今までロープにしがみついていたのか。

彼は背後からレオンハルト様に銃口を向けた。ぎらぎらと光る目に、殺意がみなぎっている。

「危ない‼」

夢中でレオンハルト様の体を押し、敵と彼の間に立ち塞がる。よろけるレオンハルト様が事態を把握するより前に、敵の指が引き金を引いた。

発砲音が鼓膜を叩く。火花が咲いたと思ったら、左腕を鋭い熱が通り過ぎていった。

体がぐらりと揺れ、帽子が足元に落ちる。長い自分の髪の毛が、視界に亜麻色の模様を描いた。

「ルカ！」

倒れ込む私を受け止めたのは、レオンハルト様のたくましい両腕だった。

私、撃たれたんだ。

感じたことのない痛みが、熱さとなって左腕から力を奪っていく。

「どうした！」

音に気づいたライナーさんが階段を駆け上がってくる。

「ちっ、生き残りか！」

舌打ちをして自分の腰から小銃を抜く。人とは思えない速さでそれを構えると、船べりに跨《また》がって海へ逃れようとしている敵兵の眉間を撃ち抜いた。

「ルカ、おい、ルカ！」

レオンハルト様が私の名を呼ぶ。

彼はどこにも怪我をしていないみたい。よかった……。

「大丈夫か。すぐに手当てをしてやるからな。誰か、船医を呼んでくれ！」

跪いたレオンハルト様に抱かれるようにして座り込む。

「……ダメ……。やめてください……」

船医に治療してもらうということは、私が女だとバレてしまうということ。それは阻止しなくては。せっかく今まで隠し通してきたのに。

「なんだと」

「こんなの、かすり傷です。すぐに塞がりますから……」

必死でレオンハルト様の腕から逃れようとする。左腕からの出血は意外に多く、しびれてきた指の先まで血液がしたたっている。それを見ていたら、視界がくらりと揺れた。

縫わなければ塞がらない傷だ、と直感的に思う。でも、正体をバラすわけにはいかない。

「俺が呼んでくる」

ライナーさんがその場から階段を下りていく。

「ダメ……」

みんなを騙《だま》していたと思われたくない。女だと知られたら、ここにいられなくなる。私の居場所がなくなってしまう。

「なにがダメだっていうんだ。ルカ、とにかく傷を見せろ」

私を寝かせ、無理やり軍服を脱がそうとするレオンハルト様。けれど、雨で濡れた指が滑るのか、ボタンはなかなか外れない。

「仕方ない」

怪我をした方の袖を破ろうとしたのか、レオンハルト様は肩の部分から私の軍服を強く引っ張った。すると袖の部分は破けずに、胸のボタンがはじけ飛ぶ。彼は舌打ちすると、ナイフを取り出した。

なにをするつもりなの。お願い、やめて。

「嫌っ、嫌あっ……」

声も、右手の力も、わずかしか出ない。

私の抵抗をものともせず、胸ぐらをつかむように軍服とシャツを引っ張った彼が、ナイフの切っ先を左襟の部分に引っかけ、思いきり横に凪《な》いだ。布が裂ける音が鼓膜を突き刺す。

そのとき、一緒に引っ張られたさらしもナイフに引き裂かれるのを感じた。左胸から傷口までを覆っていた軍服とシャツが、レオンハルト様の手で取り去られる。引き裂かれたさらしの布の間から、抑圧されていた弾力が解放される。それは、決して他人の目にさらされてはいけない膨らみ。

ああ、終わった。終わってしまった。

なにが、とは思わなかった。ただ、目の前でなにかが終わっていくという絶望が私を支配していた。一気に全身が脱力していく。

「嫌だって……言っているのに……」

自分の目に涙が浮かぶのがわかった。レオンハルト様の表情を確認するのを拒否したまぶたが自然と閉じ、顔を逸らす。雨粒が落ちてきて、彼の目の前にさらされた裸の胸を濡らした。

冷たい。寒い。左腕の傷が、熱くて痛い。

それよりなにより、心が悲鳴をあげていた。

お願い、見ないで。男にも女にもなりきれない、まがいものの私を。

「お前……！」

レオンハルト様が息を呑む音が聞こえた。と思うと、彼は素早く自分のスカーフを取って傷口を縛り上げ、軍服を脱いで私の体を隠すように包んだ。

「誰か！　誰でもいい、衛生兵のクリストフ・フォルカーを俺の部屋へ！」

レオンハルト様が声を張り上げると、兵士の「はい！」という返事が聞こえた。

どうしてクリストフなんかを呼ぶんだろう？

痛みと貧血でぼんやりしてきた私を、レオンハルト様が抱き上げた。

彼が駆けだしたのだろう。激しい振動が伝わってくる。再びまぶたが勝手に閉じていく。もう抗議する気力も湧いてこない。

やがてバタンと扉が閉まる音がした。背中にベッドの柔らかさを感じると、少しだけホッとした。

このまま眠ってしまおう。考えることを心が拒否した途端、急激に気が遠くなっていく。

「ルカ、お前はまさか……」

ああ、レオンハルト様の声だ。

嘘をついていてごめんなさい。男じゃなくてごめんなさい。全然役に立たない副官でごめんなさい。

温かい手が頬を包む。

その感触すら遠くなって、私はいつの間にか意識を失っていた。

一時の休息とプロポーズ

……よく眠った。

そういえば、連日いろいろなことがあって眠れなかったんだっけ。初めて戦艦に乗って、レオンハルト様の体を拭いているうちに転んだり、クリストフに嫌がらせされたり……。

「はっ！」

二度瞬きをして飛び起きた。

そうだ、敵軍との衝突はどうなったんだっけ。

辺りを見回す。そこは全く見覚えのない寝室だった。旗艦内のレオンハルト様の寝室よりよほど天井が高く、広さは約三倍ほどありそう。

染みひとつない天井にはシャンデリアが。自分が寝ているのは、皇帝陛下が寝るような大きさの豪華なベッドで、床には毛足の長い絨毯が敷かれている。

どこの貴族の屋敷なんだろう。私はいったいどうしてこんな場所に？

冷静になろうと深呼吸を繰り返す。すると、左腕に巻かれた包帯に気づいた。その途端、思い出したように鈍痛が走った。

そうだ、敵艦隊との戦闘はヴェルナー艦隊の圧勝に終わったんだ。黒い船たちが渦の中に消えていったあと、私は敵の生き残りに撃たれて……。

鮮明な記憶が甦《よみがえ》ってくると、体が震えた。

私……知られてしまった。レオンハルト様に、この体が女のものだということを。

無意識に自分の体を抱く。むき出しになった肩から熱が奪われていく。胸にはさらしが緩めに巻かれていた。

とにかく、ここがどこかを知る必要がある。

着替えを探して辺りを見回していると、突然部屋の扉が無遠慮な音をたてて開いた。

「ああ、起きていたのか」

「レオンハルト様……！」

レオンハルト様の姿を見た途端、全身から血の気が引くような思いがした。青ざめる私とは対照的に、彼は平然としている。

「まだ寝ていると思っていた。失敬した」

慌ててシーツで体を隠すと、レオンハルト様の後ろから、クリストフが十字の描かれた救急箱を持って現れた。

「包帯を変えます。さあ、傷を見せて」

クリストフはベッドの脇に置かれた椅子に座ると、慣れた手つきで、戸惑う私の腕の包帯を取る。

「安心してください。綺麗に塞がっています。少しの間、無理は禁物ですが、普通の生活はできるでしょう。感染予防に入浴は避けて、体拭きで我慢してください」

あの気持ち悪かったクリストフが、普通に私の傷を見て、薬を塗布して包帯を巻き直す。私はそれを不思議な気持ちで眺めていた。

この人たち、どうして仲間を騙していた私を、平然と……いや、むしろ、穏やかな顔つきで見ているんだろう？

「こいつはお前に借りがある。お前の正体を口外することはない」

そう言ったレオンハルト様が口角を上げる。

借りって、あのときにされた嫌がらせに対する処分を求めなかったことか。私が撃たれたときにレオンハルト様がクリストフを呼んだのは、そういう理由があったからなのか。どうしてこの非常時に彼なのかと、気を失う直前に失礼なことを思ったのは覚えている。

「それに、こいつは女性に興味がない。ちょうどいい医者を見つけた」

「医者になり損ねた衛生兵です。大丈夫、私はあなたの裸を見ても、ちっともムラッときやしません。安心してください」

ふたりは冗談を言ったつもりなのか、それとも私を安心させるつもりなのか、顔を見合わせて声を出して笑う。

なにがおかしいんだろう……。

「クリストフ……どうもありがとう」

治療をしてくれたクリストフにお礼を言うのが精いっぱいで、それ以上の言葉は出てこなかった。

治療中に見た感じでは、皮膚が傷ついただけみたい。何針か縫われた痕があった。弾丸が肉や骨をえぐるなどの重症ではなかったんだ。

少し痛みが残っていても、指先まで問題なく動く左腕の感覚に安堵する。

けれど、問題は他にも多数浮上している。まず、ここはどこなのか。

「ここはアルバトゥスの領地、モンテルカストの宿屋。あのあと、補給と休息、整備のために立ち寄った。他の者は海軍専用の宿舎にいる」

私が疑問を投げかける前に、先に説明するレオンハルト様。

モンテルカスト。その名前は海図で見た覚えがある。そう大きくない島だけど、本国と同じ水準の暮らしができるだけの設備はあるはず。あの戦闘があった場所からそう離れていない。

エカベトまではまだ相当の距離がある。モンテルカストは我が軍の補給基地として、昔から重要な役割を担ってきたと、出航前に読んだ資料に書いてあった。とにかく今は、兵士のみんなはつかの間の休息を取っているわけだ。

「クリストフ、席を外してくれないか」

クリストフがうなずいて立ち上がると、レオンハルト様が代わりに座る。

「なにか飲み物をお持ちしましょうか」

「いや、いい。俺がいいと言うまで誰も近づけないでくれ」

「御意」

短くうなずき、クリストフは若者らしい無駄のない動作でその場を去っていった。

「さて」

その長身には小さすぎる、背もたれもない丸椅子に座ったレオンハルト様が、私の顔をのぞき込む。ふたりきりにされ、心拍数が倍ほどに跳ね上がった。

いったいなにを言われるんだろう。国に帰れと言われるか、ここに置き去りにされるか、艦内の牢屋に入れられるか……。

気を揉《も》む私に投げかけられたのは、短いひとことだった。

「ルカ。お前はいったい誰だ？」

アンバーの瞳に射抜かれて、体の震えが戻ってくる。レオンハルト様の表情は真剣そのもので、いつもの茶化すような笑みの欠片《かけら》はどこにもなかった。

私はいったい、誰なのか。

息を呑み込み、慎重に上官の質問に答える。

「私は……ルカ・クローゼ。これは本名で間違いありません」

父上は、私に男の名前しか与えなかった。

「どうして、女なのに軍服を着て男のフリをしている？」

他の国では女性軍人もいるらしいが、アルバトゥスでは、皇帝陛下の軍隊には男子しか入隊できないことになっている。

「それは……」

隠しても仕方がない。もう、バレてしまったんだから。

私はぽつぽつと、家族以外にはひた隠しにしてきた過去をレオンハルト様に語る。

クローゼ家に生まれたのは七人の女子で、嘆いた父上が七人目の私を男として育て、軍隊に入隊させたことを。

「……クローゼ元帥ほどの人が、どうして……いや、陸軍で武勲を重ねてきた彼だからこそ、血縁の軍人を育てたかったのかもしれないな」

レオンハルト様の言葉に、私は答えなかった。どう考えても、父上の気持ちは私には理解できない。

「で、優しい娘は父親の期待を裏切りたくなくて、そのうるわしき体を軍服に包んで生きてきたというわけだ」

腕を組み、ひとりで納得したようにふむふむとうなずくレオンハルト様。

うーん……優しいって言われるとバカにされたような気がするし、後半は恥ずかしくて同意しづらい。うるわしき体って、なに。

「優しさなんかじゃない。逆らえなかっただけです」

生まれたときから男子として育てられただけ。父上の気持ちを思って、自分から望んでそうしたわけじゃない。思春期には何度もぶつかったけど、結局父上には腕でも口でも勝てず、そのうちに逆らうことさえ諦めてしまった。

「……そうか。それで、俺が一番聞きたいのはだな」

レオンハルト様は立ち上がり、ベッドに片手をついて、もう片方の手で私のあごを捕らえた。アンバーの瞳に見つめられ、私の心臓が跳ねる。

「一年前、俺が元帥に昇進したあの日だ。ピコなんとかというふざけた名前の公爵にワインをぶっかけたのは、お前か？」

見えない鎖が私を縛り上げる。逃げることは許さないというように、まっすぐに私を見つめるアンバーの瞳に、嘘をつく気にはなれなかった。

とうとう、あの日の真実を暴くときがやってきてしまった。

「姉上が、病気で……代理として、あの日だけ、たった一日だけ女に戻りました」

ぽつりぽつりと白状する声が震えた。

失望されるかもしれない。騙していたと言われて、処断されるかも。ずっと上官を欺いていたんだもの。

そんな心配をよそに、レオンハルト様は怒る様子はなく、あごを捕らえていた手を放し、私から目を逸らすと、ふうと小さくため息をついた。

「どうして気づかなかった……早く気づいていれば、女にこんな怪我をさせることも……いや、戦場に連れてくることもしなかったのに」

その言葉は、彼自身に宛てられたもののようだった。

なにを言ったらいいのかわからなくて黙っていると、レオンハルト様は顔を上げた。

その目には、決意の色が浮かんでいる。

「ルカ、俺と結婚してくれ」

予想しなかったセリフが、目の前を駆け抜けていく。

「へ……?」

思わずマヌケな声が出てしまう。

「あ、あのう。姉のエルザは本当に私にそっくりなんです。でも私より女性らしくて、優しくて、料理も裁縫も、歌もピアノもなんでもできて……」

「ほう」

「だから、理想の花嫁というなら、エルザの方だと思うんです」

自分でも、どうしてこんなことを口走ってしまうのかわからない。男として生きてきたから、男性にプロポーズされる日が来るとは思ってもみなくて、混乱してしまう。破裂してしまいそうな心臓をどうにか安定させようとするのだけど、うまくいかない。頬が熱くて、どうしようもない。

レオンハルト様はじっと私を見つめて、形のいい唇を動かした。

「エルザ嬢には会ったことがないから、興味がない。俺が追い求めていたのは、お前だ。ルカ」

名前を呼ばれて、息すら止まりそうになる。

「ただ女性らしいだけの女性なら、どこにでもいる。俺は、間違ったことは間違っていると言える、弱き者を助ける勇気のあるお前が好きだ」

「レオンハルト様……」

好きだ、って。目の前で微笑む初恋の人が、私のことを好きだって。姉上じゃなく、女らしくない私を。

「どうしてもっと早く本当のことを言わなかった、バカ」

レオンハルト様の大きな手が、私の頭頂部に載った。

「男として戦艦に乗るのは、怖かっただろ。これまでずっと、つらい思いをしてきたんだろ」

「う……」

「今まで気づけなくて悪かったな。もう無理しなくていい。本当のお前に戻れ、ルカ」

落ち着いた声音が鼓膜を打つ。陽だまりのように優しく微笑むレオンハルト様の顔を見ていたら、なぜか涙が溢《あふ》れて落ちた。

「本当の……」

重い軍服を脱ぎ捨ててもいいというのだろうか。人目をごまかすためのさらしや、帽子も。

もう、隠れなくていい。こそこそしなくていい。それは今までに感じたことのない、甘い誘惑だった。

「でも」

一度陸軍に所属してしまった以上、下手《へた》すると父上も私も一緒に、皇帝陛下を欺いたとして処断されかねない。なにより、私が女に戻ったりしたら、父上がどれほど落胆することだろう。父上の最後の希望や期待を一身に背負ってしまった私がそれを放り投げたら、誰が受け止めてくれるのか。

「やっぱり、無理です」

レオンハルト様から顔を背け、うつむいた。

私は、全く正常なやり方ではないけれど、それでも育ててくれた父上を裏切れないし、きっといい花嫁にはなれない。女性としての修業をなにひとつしてこなかったんだもの。

「お前の考えていることは、わかっているつもりだ」

頭をなでていた手が、肩に回る。

「ぐだぐだと余計なことは考えるな。万事俺に任せておけ」

そっと抱き寄せられる。鼻先に触れるレオンハルト様の軍服からは、海のにおいがした。

「俺の花嫁になれ、ルカ」

間近で響いた低い声。逃げなければ、と思ったときにはもう遅かった。後頭部を捕らえられ、強引に唇を重ねられてしまう。

一度、感触をたしかめるように触れた熱い唇。何度かついばまれたあと、強く押しつけられた。観念してまぶたを閉じる。

いつの間にか、私を抱く彼の腕に力がこもっている。

どう息をしたらいいかもわからず、海の中で溺れる人のように手をさまよわせ、結局レオンハルト様の背中にしがみついた。

人の唇って、こんなに柔らかくて温かいものなんだ。

力が抜けてとろけていきそうな体とは逆に、心臓はうるさく鼓動を打ち続けている。

離れていた一年間を埋めるような長い口づけのあと、レオンハルト様は私をぎゅっと、広い胸にうずめるように抱きしめる。

「お前が承諾してくれないなら、無理にでも花嫁にするまでだ」

無理にって、どうやって……。

キスによる酸欠でぼんやりする頭を、レオンハルト様の胸に預けていると、突然背中に妙な感覚が走った。

「ちょっと!」

レオンハルト様の手が、さらしを解こうとしている。

無理にって、そういうこと⁉

「傷が開くぞ。暴れるな」

これが暴れずにいられるか。

なんとか彼の腕から逃れようとすると、傷の痛みが邪魔をした。うっかり左腕に重心を載せてしまい、声を殺して悶《もだ》える。

「ほら、な」

『ほら』じゃないでしょ。

そう抗弁する間もなくレオンハルト様がベッドに乗り、動けない私を難なく横にした。背中でベッドが軋む音がする。

右手をつかまれれば、もう私に抵抗する術《すべ》はない。

「ひどい。卑怯《ひきょう》です、レオンハルト様」

私が怪我をしているのに、そしてプロポーズを承諾してもいないのに、無理やり抱こうというのか。

幻滅した。あなたが無理に女性を組み敷くような人だとは、思わなかった。

そう言ってやりたいのに、最高速に達した胸の鼓動が邪魔をする。

「艦隊の仲間全員を欺いていたお前が言うセリフか」

今の私に一番効く辛辣な言葉に、ますますなにも言えなくなると、彼はさらに蓋をするように口づける。

さらしが巻き取られ、素肌にレオンハルト様の手のひらが触れた。ビクリと跳ねる背中をどうすることもできない。

「素直になれ、俺の花嫁」

熱い舌を絡ませる深いキスのあとで、彼は私の耳たぶに唇を寄せ、そう囁いた。

頭がぼうっとする。どうしよう、全然、嫌じゃ、ない。

抵抗する術がないだなんて、嘘だ。本気で逃れたいなら足がある。彼を蹴飛ばせばいいのに、そうできない。むしろ、心のどこかが『もっとしてほしい』と無言でねだっている気がする。

耳から首筋、鎖骨へと、彼の唇が私の肌にキスを降らせながら下りていく。

「レオンハルト様……」

一年前。私は、あなたに恋をした。

そして今、深い海の底に沈んでいくように、あなたの愛に溺れてしまう。

「お前に女としての歓《よろこ》びを教えてやる」

レオンハルト様はその言葉通り、私の全身に未知の感覚を呼び起こした。

無意識に口から出た、自分でも聞いたことのない高い声音が耳に入ったとき、突然気づく。

それはもう、覚醒に近い出来事だった。私はそのとき初めて、自分の気持ちを理解した。

私、女性としてレオンハルト様を愛している……。

愛する人のたくましい腕に抱かれる。それは、今まで無理やり押しつぶしてきた私の胸を膨らませるにふさわしい幸福感をもたらした。

これからのことは考えられない。今はただ、レオンハルト様に愛されている自分を感じたい。

父上のことや戦争のことを頭から追い出すのに、それほど努力は必要なかった。それらが占めていた箇所は、すぐにレオンハルト様でいっぱいになってしまったから。

揺蕩《たゆた》うシーツの上で彼の愛に溺れ、私はまた意識を失ってしまった。

次の日。

「こらー！　せっかく補給したばかりの食料を貪るなっ！」

さあ今から船の中に積み込もうという、補給のために買いつけた食料を、ライナーさんとその直属の部下、合わせて六人が略奪しているのを発見し、声を張り上げた。

「なんだよう。ちょっとくらい、いいじゃないか」

「よくありません。私が怪我で臥《ふ》せっている間、あなたたちが酒場で好きなだけ遊んだ証拠は残っているんですからね」

多額の請求書をつきつけると、不満顔だったライナーさんは「うっ」と唸って、のけぞる。

「アドルフ、こいつ、可愛くないよ」

ちょうどそばを通りかかったアドルフさんに、ライナーさんが助けを求める。しかしアドルフさんは呆れ顔で、あっさり言ってのけた。

「ルカの言う通り。補給物資に手をつけちゃいけない。それより、昨夜寝床を共にした女性に挨拶しなくていいの？」

やっぱり、やってたか。

アドルフさんはおっとりした顔立ちに反して、言うことは意外に辛辣。ライナーさんは忌々しげに舌打ちした。

「後腐れなく別れた方がいいんだよ」

「丁寧にしておいた方がいいよ。またいつ寄るかわからない土地だから」

「この戦いが終わったら、しばらく平和になるだろ」

——この戦いが終わったら。

敵軍が全兵力を挙げるというこの戦いが終わったら、長く続いている戦争にひとつの終止符が打たれる。

私はそのとき、どうなるんだろう。本当に、レオンハルト様の花嫁になるのかな。

昨夜のことを思い出すと、顔から火が出そうになる。

お姉様、ごめんなさい。綺麗な体で帰ると約束したのに、あっさり破ってしまった。

「おい、副官。仕事ははかどっているか？」

後ろから声をかけられ、ビクッと全身が跳ねてしまった。低い声の主はレオンハルト様だ。

「ええ。休息をいただき、ありがとうございました」

なにもなかった風を装い、敬礼で返す。

いつまでもベッドで寝転んでいるわけにはいかない。残った人員や物資、被害状況の把握をして、それぞれ処理をしなくてはならない。

現地で入手できるものをより安く調達できるように交渉し、職人を見つけて傷んだ船を修理してもらう。

その他にも、今の状況をアルバトゥスに伝える手はずを整えたり、怪我人を医療船に収容して全艦の人数を調整したり、地味にやることが山のようにある。

そして一刻も早く出航できるようにしなくては。敵が態勢を立て直す前に。

「本当、頑固だよな。ここで待ってろって言うのに」

レオンハルト様は私が女だとわかった途端、戦線から遠ざけようとしている。

でも、『戦争が終わったら迎えに来る』なんて言葉、あてにできない。そんなの、いつになるかわからない。

「じっと静かに待てるほど、私は大人じゃありません」

周りに聞こえないほど、ごく小さな声でぼそぼそと会話をする私たちを、ベルツ参謀長が横目で見ながら通り過ぎていった。参謀長の姿が見えなくなるのを待ってから、レオンハルト様が囁く。

「プロポーズの返事も、まだ聞いていないんだが」

「そのお話は、戦争に勝ってからにしましょう。そもそも最初から、勝って帰ったら花嫁を獲得できるという約束ですから」

「なるほど」

レオンハルト様はくすくすと笑い、みんなの方を振り返る。

「さあ働け。準備ができたらすぐに出航だ。勝利して祖国に帰るぞ！」

「おう！」

ライナーさんの部下たちが元気に返事をし、船の方へ駆けていった。その姿を見て、しみじみ思う。みんな無事でよかった……。

「そういえばルカ、お前すごいぞ。元帥閣下の命を救ったんだ。昇進間違いなしだな」

ライナーさんが笑いながら、肘で私を小突く。

「うん、ルカは偉かった。さすがレオンハルト様の選んだ副官だ」

アドルフさんはストレートに褒めてくれる。

「さあ仕事だ。行くぞ、副官殿」

「は、はいっ」

レオンハルト様に肩を叩かれる。ぼーっとしていた私は、軍服を翻して歩くレオンハルト様のあとを慌ててついていった。

昼間のうちに膨大な仕事を終えて、すっかり日が暮れたあと、私はとある酒場へ向かった。

モンテルカストの街は本国の首都よりもずっと開放的で、建物も素朴で温かみを感じる。華麗さを売りにしている貴族の館が建ち並ぶアルバトゥスとは全く違う趣だ。石畳の地面を通り、酒場の近くまで来ただけで、すでにどんちゃん騒ぎをしている声が聞こえた。

古びた木の扉を開くと、ギイイ、と錆《さ》びた蝶番《ちょうつがい》が軋む音がした。店の中では兵士たちが宴会を楽しんでいる。どの顔も赤く、だいぶでき上がっている。

「あーあ……」

前から思っていたけど、ヴェルナー艦隊って危機感が薄いんじゃない？　ここでもし敵襲があったらどうするつもりなんだろう。補給地として有名なモンテルカストに敵兵が紛れ込んで、攻撃の機会をうかがっていてもおかしくはない、とか思わないのかな。

「おう、ルカ、こっち来いよ！」

中央のテーブルで、レオンハルト様とベルツ参謀長、ライナーさんとアドルフさんがビールの入ったジョッキを持っていた。

大きな店だけど、艦隊全ての人数を収容するのには無理がある。旗艦だけでも二百人、艦隊全てを合わせたら二千人にはなるだろう。

ここにいるのは、旗艦に乗っていたお馴染みのメンバーばかりみたい。お祭り騒ぎをする兵士の合間を縫い、呼ばれたテーブルまでなんとかたどり着いた。

「なんの騒ぎですか、これは」

立ったまま尋ねると、ライナーさんがジョッキの中身を飲み干して言う。

「一昨日の戦いに勝った祝いに決まってるじゃないか」

「ええ？　まだひとつの戦いに勝っただけじゃないですか。これからも戦いは続くんですよ」

先日、我が艦隊が敗北に追い込んだのは敵の一部であって、これからの戦いの方が熾烈《しれつ》を極めることは、兵士の誰もが言わなくてもわかっているはず。

我が帝国海軍も、ヴェルナー艦隊以外の隊をそろえると、二万人はゆうに超える。他の艦隊も順にアルバトゥスから出航し、エカベトへ向かっているという。

「だからだよ。いつ死ぬかわからない身だ。生きているうちに楽しまないと」

レオンハルト様がジョッキを傾けてそんなことを。総責任者たる提督がこういう考えだから、艦隊全体がお気楽になってしまうのか。

「そうそう。今夜は外泊解禁だから、素敵な女性がいたら一夜を共にするんだよ、ルカ。この世に後悔を残しちゃいけない」

アドルフさんが、出航前にも聞いたようなセリフをもっともらしく語る。

航海の前に後悔を残すなって？　面白くないわ。

「略奪と暴行以外なら、自由にしろ。ただし、節度を守ってな」

「そうこなくちゃ！」

艦隊随一の砲手であるライナーさんは、戦いの前よりも体中にやる気をみなぎらせ、ジョッキを置くと勢いよくその場から去った。

かと思うと、ところどころで、兵士にお酒を酌んでくれている店の女の子たちに遠慮なく声をかけている。

「あれ、無節操と言わないですか？」

「無理やりじゃなきゃいい」

レオンハルト様も上機嫌らしく、にやりと笑う。

無理やりじゃなきゃ、って……あなたが言うな。

「さあ、座りなよ、ルカ」

「あ、ありがとうございます」

アドルフさんが、今までライナーさんのものだった席を指差す。私は素直にそこに座った。

まあいいや。私がなにを言おうと、この人たちが自分のスタイルを変えることはないでしょう。こんなに盛り上がっているのに、これ以上水を差すのもなんだし。とにかくお腹が空いた。

ソーセージが盛ってある皿に手を伸ばすと、後ろからも前方からもどたどたと兵士たちが近づいてきた。合わせて五人もいる。

「クローゼ少佐、お酌させてください！」

「いや、最初は私に」

「え？　え？」

彼らの顔と名前を頭の中で繋げているうちに、私の前に五本のジョッキが置かれた。それらには全て、なみなみとビールが注がれている。

「命を懸けてヴェルナー元帥閣下を守ったその勇気、感服いたします」

「はあ……」

「少佐もご無事でよかった。本当によかった」

兵士たちは代わる代わる握手を求めてくる。

　今まで、突然陸軍からやってきた私のことを白眼視する者も多くいた。気にしないようにしていたけど、実際に私の方を見てこそこそとなにか言っている兵士を見たこともある。私の副官としての資質を疑問視していた人が、たくさんいたということだろう。それは当たり前なので怒る気にはならない。

　私より階級が高い人も低い人も交じって少し話をしたあと、彼らは満足げにテーブルから離れていった。

「みんな、きみの副官としての働きを認めたということだ」

　初日にはっきりと、私が副官として務まるのか疑問を呈したベルツ参謀長が、静かにジョッキを傾ける。ひと口飲んでそれを置くと、参謀長はこちらを見た。

「私も、きみの働きには感服したよ。提督を守ってくれたこともさることながら、事務処理の迅速さは目を見張るものがある」

「いえ、そんな」

「これからもよろしく頼むよ、副官殿」

　ベルツ参謀長が真顔で、分厚い右手をすっと差し出した。私は慌てて自分の両手を出し、参謀長の手を握る。アドルフさんはにこにこと微笑んで、私たちを見ていた。

「でも私、皆さんみたいに戦いのお役には立てなくて……」

「いいんだよ、そんなの。ルカはルカにしかできないことをやってくれれば。ルカの仕事は、艦隊が正常に機能するために欠かせない仕事だからね」

アドルフさんの優しいセリフに涙が出そうになった。ベルツ参謀長の手も温かい。

みんなが私を仲間として認めてくれた。嬉《うれ》しいと思うと同時に、申し訳なくなる。

私はみんなを騙している……。

うつむいてしまうと、レオンハルト様が言った。

「アドルフの言う通りだ。お前はお前のままでいい」

たったそれだけの言葉で、気持ちが楽になる。

そうだよね。女であろうが男であろうが、仲間のために働いていることには違いないんだ。好意のこもった評価は、素直にいただいておこう。

私はみんなに微笑み返した。


宴会はしばらく続き、私のお腹がいっぱいになった頃、レオンハルト様が立ち上がった。

「いよいよ明朝、出航だ。みんな、楽しくやるのはいいが船に乗り遅れないように。ひとまず解散！」

およそ不敗の軍神らしくない、ざっくりした挨拶で宴会をひと区切りさせたレオンハルト様。活《い》きのいい返事があちこちで聞かれると、彼はニッと笑って会場をあとにする。私は彼についていった。

「いつも宿舎には泊まらないんですか？」

レオンハルト様は、昨夜から泊まっている宿屋の方へ歩いていく。

「なにせ狭いからな」

船の中でも兵士は雑魚寝している。宿舎もどうやら同じようなものらしく、かろうじて少将以上の者だけに個室が与えられるとか。

「個室はあるが、今回はお前の怪我のこともあるし」

そんな話をしながら宿屋に着くと、クリストフが出入口の前で待っていた。

そういえば、宴会場で彼の姿を見なかった。人付き合いが苦手そうな彼は、静かな場所でのんびりしていたのかな。

クリストフは部屋に入って、私の傷に巻いた包帯を清潔なものに取り換えると、すぐに帰っていった。

そうか。レオンハルト様は、私の怪我の治療をしやすいように気遣ってくれたのかもしれないな。宿舎だと、治療中に誰がやってくるかわからない。うっかり服を脱いだところを見られたりしたら一大事だもの。

まあ、それは船の中でも一緒か……。これからはより一層気をつけよう。

私の傷の処置が終わったあと、レオンハルト様は自分だけ宿屋のお風呂を借りた。

湯気が立ち上る体にガウンだけを身につけ、ベッドに腰かけて隣をぺんぺんと叩く。

ここに来い、って意味か。

「さあ、寝るぞ」

「私はここでけっこうです」

彼がいないうちに体拭きを済ませた私は、ソファで寝ようとした。昨日は流されて一夜を共にしてしまったけど、毎晩相手を務めるわけにはいかない。

「副官としての仕事を全うするために、睡眠は大事です。体力も温存しておきたい。そして、毎晩情事にふけっていると堕落しそうな気がしてなりません。正式に結婚したわけでもありませんし」

本気で言った私を見て、レオンハルト様は吹き出す。

「堕落って。真面目か」

「なにがおかしいんですか。歴史上、支配者が色に溺れて身を滅ぼした例は数えきれないほどあるというのに」

そう反論すると、レオンハルト様は「ふん」と鼻を鳴らした。

「情事は、愛を深めるために欠かせないものじゃないか。触れ合いがなくなって冷えきる夫婦の方が、お前の言う支配者より大勢いる」

「私たちはまだ夫婦じゃありませんから。正直に申しますと、昨夜、私はけっこう無理をさせられました。傷が癒えるまでは勘弁していただきたい」

「……どっちの傷？」

真面目な顔で首を傾げるレオンハルト様に、苛立《いらだ》った。

「どっちもです！」

今まで肉欲とは無縁の人生を送ってきた私の体は、レオンハルト様の技術をもってしても無傷というわけにはいかなかった。

本音を言えば、あと一週間は寝込んでいたいくらい、私の体も心も乱れまくっている。それでも副官という立場の責任感が、かろうじて私を動かしてくれているんだ。

「そうかそうか。それは申し訳ない」

……絶対、申し訳ないと思っていない。

そう感じさせる不敵な笑顔でこちらに近づいてくるレオンハルト様。ソファに座って警戒していると、彼は私の前に跪いた。

「ならば、せめてキスだけでも」

そう言い、私の右手を取って、その甲に唇を寄せる。一瞬にして体温が上昇したのか、かあっと頬が熱くなる。

真っ赤になっているであろう私を見上げ、レオンハルト様が、ニッと唇の端を上げた……と思うと立ち上がり、私の頬を両手で優しく包む。

背を丸めた彼の顔が近づいてくる。私がぎゅっと目をつむると、唇に温かいものが触れた。

「なにもしないから、一緒に寝よう。女性だけソファで寝かすことはできない」

あっさり離れていった唇に拍子抜けしながら、手を取られ、ベッドに誘導される。

なにもしないという言葉を信じることにして、私はレオンハルト様と同じ寝床に入った。

明日からはまた海の上。朝からどんな流れで仕事をしようか考えているうちに、睡魔が襲ってくる。

隣で横になったレオンハルト様が、私の頭を自分の胸に引き寄せる。温かい寝床の中でのゆったりとした触れ合いは、私の心を不思議と穏やかにさせた。今までは触れられるたび動揺しっぱなしで、いつ心臓が壊れるかと思っていたのに。

警戒を解いて彼に寄り添い、まぶたを閉じる。するとすぐに心地いい眠りが訪れた。


……のだけれど。


「……うう、あ……」

耳元で低い音がして、びっくりして飛び起きる。暗闇に慣れてきた目で隣を見ると、レオンハルト様が眉間にシワを寄せて唸っていた。

「レオンハルト様？」

どうしたんだろう？

彼は発熱したように、首筋に汗をかいている。張りついた前髪をかき上げ、額の熱を自分の手のひらで感じた。

高熱が出ているというわけではなさそう。なのに、彼は目の前の虫を追い払うように力なく手を振る。

まさか、夢にうなされている？　不敗の軍神と呼ばれるレオンハルト様が？

初めて見る彼の姿に驚く。いつも凪いだ大海のようにゆったりとしていて、動じることがないような人なのに。

「レオンハルト様、起きてください」

頬をなでて声をかけても、苦悶《くもん》の表情は消えない。

仕方ないので肩を叩いて揺さぶる。何度も名前を呼ぶと、ようやくレオンハルト様が目を開けた。

ハッとして、しばらく呆然《ぼうぜん》としていたレオンハルト様の目の焦点が、だんだん合ってくる。

「ルカ……」

低い声は掠れていた。表情がいつものレオンハルト様に戻っていくのを見て、ホッと安堵の息をつく。

「大丈夫ですか、レオンハルト様」

私が彼の汗を拭うように首筋をなでると、横になったままの彼の手が私の手をつかんだ。

「……つまらない夢を見た」

「そうですか。どんな夢か、お聞きしても？」

子供のようだ、と笑う気にはなれなかった。

少しでもレオンハルト様の心が落ち着きますように。そう念じながら見つめると、彼は力なく首を横に振った。

「そばにいてくれ、ルカ」

夢の内容を話す代わりに、お願いをしてくるレオンハルト様。

レオンハルト様の手が伸ばされ、導かれるように横になった。寄り添う私を、彼が抱きしめる。その力は強く、まるで失ったなにかを必死で取り戻そうとしているようにも思えた。

「おそばにいます。レオンハルト様」

顔を上げてそう告げると、レオンハルト様のアンバーの瞳と目が合う。暗闇の中で光る瞳は、今まで見たことのない光を宿していた。

「ありがとう」

彼は呟き、再びまぶたを閉じた。私もそれに倣う。

静かになった途端、窓の外から聞こえてくる波の音がやけに耳に響いた。

栄光の陰にあるもの

翌朝。

「提督様、どうして今回はうちのお店に寄ってくださらなかったの？」

「みんな提督様にお会いできるのを楽しみにしていたのに〜」

「もう行ってしまわれるの？　信じられない！」

搭乗する前に、我らが元帥閣下レオンハルト様は、色気たっぷりの派手な女性たちに囲まれていた。

夜中にお酒を扱い、男性を接待する店の人たちだろう。仕事を終えてから見送りに来てくれたのか、真っ赤な口紅が塗られた口からお酒のにおいがした。

「けっ、なんだよ、レオンハルトばっかり」

ライナーさんが、レオンハルト様を囲む女性たちを横目で見て、小声で悪態をつく。

「顔面偏差値と階級の差だよ。悔しかったらライナーも元帥になるといい」

「うるせ！」

アドルフさんにはっきり言われ、誰も見送りに来ないライナーさんは悔しそうに背を向けると、船の方に走っていった。

「いやー、参った参った」

顔についたキスマークをハンカチで拭いながら、私たちに少し遅れて船に乗り込んできたレオンハルト様。だらしなく緩んだ頬が、決して嫌な気持ちにはなっていないことを表している。

「いつもここに寄ったときは、彼女たちと遊んでいたんですね」

そういう自分の声は、意識していないのに、鋭いトゲを含んでいるように聞こえた。

「なんだ、妬《や》いているのか？」

幹部たちの最後尾、甲板に続く狭い階段の途中で肩を抱かれた。

「どうして男の私が妬くんですか」

慌ててレオンハルト様の手を払いのけようとする。『男』という言葉を必要以上に強調した。

「周りにバレちゃいけないと思うと、ドキドキするだろ」

肩を抱いたまま、払いのけようとした私の手をつかみ、彼が耳元で低い声で囁く。

頬が赤く染まるのが自分でわかる。

なにを言っているんだ、この人！

キッとにらむと、レオンハルト様はパッと手を放し、口笛を吹いた。

昨夜はあんなに苦しそうな表情を浮かべていたのに、朝になった途端にスッキリした顔をしちゃって。まるで別人じゃない。

まあ、たとえ個人的に悩むことがあっても、帝国艦隊を取り纏める立場上、みんなの前じゃそうそうつらい顔はできないだろうけど。

「一年前から女遊びはやめた。今の俺はクローゼ元帥閣下のお嬢さんひと筋だから、心配するな」

ひと足先に甲板に出たレオンハルト様が、こちらを振り返って笑顔で手を差し出す。

『クローゼ元帥閣下のお嬢さん』って、もしかしなくても、姉上じゃなくて私のこと……。

「も、もういいですから、仕事をしてください！」

そう言いながら、差し出された手を握る。厚みのある手は昨夜のような頼りなさを全く感じさせなくて、私を安心させた。

エカベト方面に出航し、二日が経った。

次はどういった作戦でいくか。幹部が広げた海図を囲んでいると、会議室の扉がノックされた。

「他艦隊からの連絡船です」

見張りの兵士がそう言った。やがて、連絡船でやってきた他艦隊の兵士が案内されてくる。

「ヴェルナー提督、これを」

渡された一通の手紙をレオンハルト様が開き、みんなでのぞき込む。

そこには、別の航路を通ってエカベトに向かっている他の帝国艦隊が、ヴェルナー艦隊に救援を求める旨が書いてあった。

「そちらに迫っている敵の数がかなり多いと。まだ戦ってはいないが、勝てそうにないから応援が欲しい。そういうことか」

レオンハルト様が尋ねると、連絡船でやってきた兵士が、跪いた姿勢でうなずく。

「偵察艦の情報によりますと、敵の主力部隊が動きだしたとのことで」

椅子に座ったレオンハルト様の後ろから、ライナーさんが、ちっと舌打ちをした。

「ヴェルナー艦隊に正面からぶつかっても勝てなそうだから、他の航路を渡っている艦隊を潰して、一気にアルバトゥスを目指そうってわけか」

他の艦隊だって、無能というわけではないだろう。ただ、レオンハルト様の名声が高すぎる。今回もすでに一個、艦隊が魔術のような作戦で敗北させられたから、敵も余計に警戒するんだろう。

「そうだね。誰だってなるべく楽して勝ちたいよ」

アドルフさんが珍しくライナーさんに同意する。

「しかし、帝国艦隊随一の智将《ちしょう》であるヴェルナー提督を倒したら、敵の名声も上がるというものだろう。軍人たるもの、どうしてそうしないのか」

真面目なベルツ参謀長が首を傾げる。それに対してレオンハルト様は苦笑で返した。

「名声より、戦争の早期終結を望んでいるんじゃないか。敵も長い戦で消耗を続けて、この戦いを最後にするしかないと思っているんだろう」

戦争を繰り返せば、国の財政が圧迫される。徴兵がたび重なれば、労働する者がいなくなり、国内の生産力は格段に落ちる。そして、ろくに訓練されていない寄せ集めの兵士をいくら投入しても、軍隊の質は悪くなるばかり。いいことはない。

「どうします、レオンハルト様」

私は彫刻のようなレオンハルト様の顔をのぞき込む。彼は腕組みをして海図をにらんだ。

さて、レオンハルト様はどうするか。敵の主力が他の艦隊と衝突している間に、こっちが先にエカベトを攻めてしまうか。それとも味方艦隊と合流し、共に敵の主力を討つか。

「よし、合流する」

レオンハルト様は決断すると、連絡船の兵士に向かって海図を指差し、合流地点を決めた。

「衝突までまだ二日はありそうだと言ったな。敵には悟られないように、急ぎすぎず、けれど速やかに合流しよう」

ちょっと難しそうなその指示と、レオンハルト様からの返事の手紙を持ち、連絡船の兵士は恭しく頭を下げて自分の船に戻っていった。

「やれやれ。敵も味方も、情けない軍人が増えたものだ」

ベルツ参謀長が深いため息をつく。

「数の上で劣勢なのは仕方ない。相手より多い数で挑むのが戦争の基本だ」

「ええ、もちろんわかっております」

結局、誰もレオンハルト様の決定に異論を唱えない。誰もが彼の知略に任せれば安心と思うのはわかる。でも、それって……。

「航路を変更する。アドルフ、頼んだ」

「御意」

細かい指示を出されずとも、全てを察したような表情でアドルフさんがうなずく。

みんなが次の仕事のために会議室を出ていくと、レオンハルト様がぼそりと呟いた。

「やっぱり、一個艦隊を倒したくらいじゃ、敵は諦めてくれないか」

それは愚痴に似た響きを持って私の耳に届いた。

「いっそ、帝国艦隊の全てを集結させてエカベトに向かうか。数の上で明らかに劣勢とわかれば、降伏してくるだろう」

テーブルの海図の上で、船の模型を遊ばせながら言うレオンハルト様。

「どうでしょう。我が軍がこのまま優勢となれば、戦場は自然とエカベトに近くなります。補給基地がすぐ後ろにあるというのに、簡単に降伏するでしょうか」

むしろ、そこまで追いつめられたら実力以上の力を発揮するかもしれない。

「そうなれば逆に、補給線が伸びきったこちらの方が危ないな」

本国や補給地から遠く離れた我が軍の後ろに回り込めば、補給艦との連絡を絶つことができる。食料や武器弾薬が補給されなくなる……どちらの軍もそれが一番危惧すべき事態だった。

「合流するまでに作戦を考える。お前は他の仕事をしてこい」

苦笑に似た表情で、レオンハルト様は視線を海図に下げた。ひとりにしてほしいということか。

私は会釈《えしゃく》をし、静かに部屋を出た。

レオンハルト様は、夕食まで会議室から出てこなかった。

ヴェルナー艦隊の指揮権は全てレオンハルト様に属する。不敗の軍神と呼ばれる彼に、部下たちが絶対の信頼を置いていることは、まだ短い時間しか同じ船に乗っていない私にも感じ取れた。

けれど、この頃少し気になることがある。みんな、彼に頼りすぎじゃないだろうか。

もちろんベルツ参謀長たちは、艦隊の運用全体に関し、さまざまな客観的意見をレオンハルト様に聞かせてくれる。彼もそれを頼りにしている。

それにしたって、ヴェルナー艦隊だけじゃなくアルバトゥス海軍全体が、『レオンハルト・ヴェルナーに任せておけば負けるはずはない』という空気になっていることは、レオンハルト様にとって多大なる心理的負荷になっているんじゃないか。

仕事を終えて食堂に行くと、レオンハルト様はいつもの大らかな笑顔で部下たちと一緒に食事をとっていた。

心配のしすぎだったかな。そもそも、みんなに頼りにされることを負担に思う人が元帥にまでなれるわけないよね。

安心して、少し離れた場所で食事をしていると、横から声をかけられた。

「相席、よろしいですか」

「クリストフ。どうぞ」

グレーの髪と目を持つ衛生兵は、にこりと笑い、私の向かいに座った。

「怪我の具合はいかがですか」

「ああ、大丈夫。ありがとう」

彼のおかげで私の腕の傷は膿《う》んだりせず、おとなしく塞がっている。毎日塗った方がいいという薬は瓶に入れてもらい、今では包帯の交換も自分でするようになった。

「よかった。あと四日で抜糸できますから」

「じゃあ、その日にレオンハルト様の執務室を使えるように頼んでおくよ。時間は追って連絡する」

初めて言葉を交わしたときは、最強に気持ち悪かったクリストフ。私に性的興味を失った彼は、人畜無害の存在……いや、誠実なドクターとなっていた。

「しかし、よくまた船に乗る気になれましたね。モンテルカストに残って傷を癒すか、本国に戻った方がよかったのでは？」

クリストフは私を気遣うような表情を見せる。

彼は、私が女だということを知っている。女なのに体に傷を残した私を、痛々しく思っているのかも。

「待っているだけなのは性に合わないから」

そもそも私が副官としてついていくことが、退役しかけていたレオンハルト様が再び海に出る条件だった。

正体がバレた今、レオンハルト様も私が再び船に乗ることに反対したが、安全なところで隠れて待っていろと言われても、私はそうする気にはなれなかった。

それは卑怯な者のすることだと言っていたのはレオンハルト様だし、彼が元帥としてどれほど鮮やかな手腕を振るうのか、もっと見ていたいという気持ちもある。

いろいろと理由はあるけれど、結局はあの夜、夢にうなされたレオンハルト様を放っておけなかったんだ。

つまり、私はレオンハルト様のそばにいてあげなければならないような気がして、今もここにいる。彼が寝苦しい夜を過ごすときは、そばにいてあげたい。

「あなたはとても男らしい。敬服します。けれど無理は禁物ですよ。月のモノが来なかったり、吐き気があったりしたらすぐ教えてくださいね」

クリストフはシチューを口に運びつつ、相変わらず小声で話す。

「ああ、精神的に負担がかかると、そうなるってこと？　大丈夫だよ。私、わりとめげない性格で……」

「いえ、そうではありません」

シチューを飲み込み、ナプキンで口を拭うと、クリストフはテーブルから身を乗り出し、私に耳打ちした。

「航海の間に、元帥閣下のお子さんを身ごもられたりしたら、大変ですから」

み、みごも……？

そうだ、私、女だった！　そういう可能性がゼロじゃないんだ！

改めて自分の状況に気づき、呆然とする。

今までは月のモノさえ、忌むべき存在として無感情に手当てをするように努めてきたけど、それがあるってことは、妊娠する可能性がなきにしもあらずってことだ。

「……っていうか、どうしてクリストフはそんな心配をする？　私とレオンハルト様はなにも……」

一応とぼけてみる。するとクリストフは呆れた表情でため息をついた。

「雰囲気でわかるでしょう。あの夜、私は同じ宿屋に泊まりました。あなたが急変するといけないからです。だから、あなたと元帥閣下が同じ部屋で一夜を共にしたことも知っているし、翌朝のあなたの肌の艶を見れば、なにがあったか一目瞭然です」

淡々と語るクリストフの言葉に再び絶句、そして呆然とした。

今まで、肌の艶に関心を持ったことすらなかった。ただ、顔を洗うときにいつもより手触りがいいなとは思ったから、いい感じになっていたんだろう。

医者って、それだけでなにがあったかわかるのか。すごいな。

「なにぼんやりしてんだよ、副官!」

後ろからバンッと背中を叩かれ、ビクリと全身が跳ねた。いたずらっ子の顔で笑って去っていくのはライナーさんだ。

「き、気をつけるよ。ありがとう」

下手に言い訳をせず、クリストフとの会話を終わらせることにした。

器の中にまだ九割残っているシチューをすすりながら、考え込んでしまう。

レオンハルト様のそばにいようとは思うけど、うっかり身ごもったりしたら、えらいことだ。懐妊した体で長い船旅に耐えられるわけがない。

かといって不自然に距離を置けば、提督と副官の間に不和が生じたのかと周りに思われてしまう。

う～、でもでも、初夜みたいに迫られたら抵抗できる自信がないし……。寝室は同じにしつつも、レオンハルト様が諦めて寝るまで逃げるしかないか？

「おー、なんかすっげえバカなこと考えてる顔だなー」

ライナーさんが茶化しながら、酒瓶を三本持って再び通り過ぎていく。私はぼーっとしていて、それを注意することもできなかった。

しかしながら、その夜も次の夜も、レオンハルト様は私を同じベッドに寝かせはするものの、抱き枕として利用しているようで、それ以上のことはしてこなかった。

私の方から『傷が癒えるまでは勘弁していただきたい』と言ったので、その通りにしてくれているのだろう。

初夜が強引だっただけに、拍子抜けというかなんというか……。彼がうなされることもなかったので、それでよしとするか。

私が心配しすぎているだけで、彼が夢にうなされたのはたまたまで、あの夜だけだったのかもしれない。

もしかして、私が隣にいるから、うなされずに済んでいる？　……って、それはさすがにうぬぼれというものかな……。

夜が明けて。

「アドルフさん、レオンハルト様を見ませんでしたか？」

甲板で操舵輪を握っているアドルフさんに声をかける。

「ああ、彼ならあそこ」

アドルフさんが上空を指差す。そちらを見上げると、三本あるマストの中央の一本にある見張り台に、誰かが立っていた。

船首の方に歩いていき、もう一度上を見直す。すると、通常は下級兵士が交代で立っているその場所に、レオンハルト様が突っ立っていた。望遠鏡を持つでもなく、ただぼんやりと海原を見下ろしているように思える。

「どうしてあんなところに？」

明朝には、合流する予定の味方艦隊と顔を合わせるはず。ということは敵もだいぶ近くに迫ってきていると考えるのが普通。

もちろんこちらは、いつ戦闘が起きてもいいように準備はしている。レオンハルト様にも、早く下りてきて細かい作戦の指示を出してもらわなきゃ。

彼は前回もそうだったように、自分の艦隊にもギリギリまで指示を出さずにいる。

「あそこって、どうやって……」

見張り台に上ろうとすれど、マストにくっついているのだから当然、階段はない。代わりにマストの柱につけられた縄梯子《なわばしご》が。

あれ、上れるか？

縄梯子を上ること自体はできるだろうけど、見張り台は空にも届こうかという高さから私を見下ろしている。途中で落ちたりしたら即、天国へさようならだ。

ごくりと喉を鳴らすと、いつの間にか近くにいたベルツ参謀長がぼそっと言った。

「今は邪魔をしない方がいい」

「え？」

あまりにも主張しない小さな声だったので、聞き逃すところだった。

説明を求めるように見つめると、参謀長は腕組みをして見張り台を見上げる。

「あの方があそこにいるときは、完全にひとりで考え事をしたいときだからな」

「そうなんですか？」

「ああ。作戦のことばかりではなく、ひとりの人間として物思いにふけりたいときに、誰の目にも表情が読み取れないような場所を選んでいるのだろう」

渋い低音ボイスでそう言うと、ベルツ参謀長は首を正常な位置に戻した。

私よりレオンハルト様との付き合いが長い彼の言うことを、疑う余地はなかった。

冷たくなってきた風が帆を叩く。見張り台のレオンハルト様の軍服の裾も、黒い髪も揺れているだろう。

「そうそう、あいつは昔っから高いところが好きなんだよ」

前方から見張り台を見上げてやってきたのは、ライナーさんだ。

「俺とあいつは士官学校の同期でさ。古い付き合いだから知ってることだが、あいつは望んで軍人になったわけじゃないんだ」

「ライナー、個人的な話は――」

「いいでしょう、別に。元帥閣下はルカを特別に気に入ってるし」

たしなめようとしたベルツ参謀長を遮り、ライナーさんは近くの船べりにもたれかかる。

「望んでじゃないとは？」

私が聞き返すと、ベルツ参謀長は諦めたみたいに口をつぐんだ。

「あいつはあんな顔をして、貴族の生まれじゃない。父親は遠洋漁業の漁師だった」

「だった……今は？」

「亡くなったんだよ。漁船が偵察艦と間違えられてエカベトの発砲を受けた」

それを聞いた私は、声を失った。

レオンハルト様の過去を聞くのは、これが初めてだった。聞くまでもなく、貴族の生まれで華々しい人生を送ってきたのだろうと疑いもせず信じ込んでいた。

「あいつは海が好きだったんだよ。親父さんと一緒に船の上で見る海がさ。海図の見方や潮の流れの読み方なんかは全部、少年時代に学んだんだろう」

ライナーさんが、顔にかかってきた、落日の色をしている長髪を束ね直す。

「親父さんが死んで、おふくろさんとふたりきりになったあいつに残された選択肢はひとつ。士官学校の試験に受かり、さっさと軍人になること」

士官学校なら、帝国が奨学金を出してくれる。レオンハルト様は残されたお母様のため、軍人になることを選んだのか。

軍人ならば、なりたての頃の給料は少なくとも、昇進していくにつれて待遇はよくなる。退役したら本人に、殉職しても家族に多額の退職金と年金が支払われる。

「他の船に乗って漁師として働くより、母親を安定して養える道を選んだ。その結果、元帥にまで昇りつめたんだから、人生ってわからないものだよな」

元帥は軍人の中でトップの地位であり、帝国内の軍人では、レオンハルト様と私の父上を含め、今生きているのはたった四人。簡単にもらえる地位ではない。

「お母様は今、どうしていらっしゃるんですか？」

「田舎《いなか》の港町で使用人と暮らしてるって話だぜ。帝都の空気は体に合わないとかなんとか言ってたな」

そうか……。レオンハルト様は、お母様にはのんびり暮らしてほしかったのかな。

「あの若さで元帥だ。ヴェルナー閣下はお前よりよっぽど成績がよかったんだな」

珍しくベルツ参謀長がライナーさんに皮肉を言う。

「砲撃と射撃の腕は俺の方が上でしたよ。今もそれは変わらない」

言い返すライナーさんの言葉は、途中から耳に入ってこなかった。

貴族出身の偉そうなやつらとは少し違うと思っていたけど、レオンハルト様にそんな過去があったなんて。

少年時代の彼の苦労を思うと、胸が苦しくなった。

アルバトゥスとエカベトが戦争をしていなければ、お父様が亡くなることもなかった。だから元帥という地位にありながら、戦争を憎むような発言をしていたのか。しかもお父様の仇《かたき》討ちのためではなく、お母様を養うために軍人になった……。

戦争を嫌っているのに、才能があったせいで元帥にまで昇りつめ、戦場で勝利を重ねた。それは誰かの父親を、誰かの子供を、何万人と海の底に葬ってきたということ。その胸の内には、どれだけ複雑で激しい波が渦を巻いていたことだろう。

「あいつは望んで今の地位に昇りつめたわけじゃない。だから一度退役を宣言したあいつがすぐ戻ってきて、驚いたんだよ。皇帝陛下直々に説得でもされたかね」

腕組みをして、我らが元帥閣下をまた見上げるライナーさん。

彼が戦い続けることを了承した理由、それは……。

どくん、と胸が不吉な音をたてる。

私のせいだ。私を花嫁にするため、彼は戦場へ舞い戻ることになったんだ。

あのタイミングで出陣を拒否すれば、父上は彼に娘を差し出すことはしなかっただろう。

「お、来たぞ」

ライナーさんの声でハッとする。見上げれば、レオンハルト様が軽々と縄梯子を下りてくるところだった。

甲板に靴の音を鳴らして着地すると、彼は言った。

「進路を多少変更する。すぐ味方に連絡船を出す準備を」

アンバーの瞳がこちらを見ている。なのに私はまだ他の考えに捕らわれていて、即答することができなかった。

「ルカ？　返事はどうした」

「あ……はい！　今すぐに！」

怪訝な面持ちで見つめられ、ぎくりとした。他のことを考えていて、副官としての任務を全うできないなんて恥はさらせない。

踵《きびす》を返し、全速力で船内に戻る。すぐそばに待機している連絡船をドッキングさせ、兵士を招き入れないと。

そのための信号旗を執務室から持ち出して、外に出ようとした瞬間、レオンハルト様が扉の前に立っていることに気づいた。

追いかけてきた？　いったいなんのために。

「お前なあ、まずなんの連絡をするか確認しろよ。いったいどうした」

後ろ手で扉を閉めて、レオンハルト様が私に問う。

「なにも……だって、船を出す準備をって」

「慌てるな。落ち着け。誰も責めちゃいないだろう」

ぽんぽんと私の肩を叩くレオンハルト様。その顔は怒っているというよりは、少し呆れたように私を見つめている。

「だって……」

一年前、レオンハルト様が私と出会っていなければ。

私がクローゼ家に生まれていなければ、あなたは戦争から逃れられたはず。元帥の地位を捨てて、ただの海洋学者にでもなって、のんびりと長すぎる余生を過ごせたはずだ。それなのに。

「邪魔をしたいんじゃないんです。ただ、お役に立ちたいだけなのに」

自分が彼を苦しめているひとつの要因になっているんじゃないだろうか。

どうしようもない考えだとはわかっている。それでもひとたび捕らわれるとなかなか抜け出せない。

「ルカ」

レオンハルト様が私の腕をつかんだ。決して痛くはない力加減だったけど、驚いて落としてしまった信号旗が床に寝転んだ。

そのまま引き寄せられ、ぎゅっと抱きしめられる。

「俺がお前を邪魔に思うことなどない。なにがあったのか知らないが、そんな申し訳なさそうな顔をするな」

彼はどうして私が動揺しているのか、詮索することはなかった。穏やかな声と体温で私をただ包み込む。

「お前がいてくれるから、絶対に勝って帰ろうと思えるんだ。俺にとってお前は副官以上の……なくてはならない存在なんだよ」

そう言ってくれるレオンハルト様の言葉が嬉しい反面、心に突き刺さる。

「じゃあ、もし私がいなければ、戦いを放棄して国に帰りますか。退役しますか。あなたにとってはその方が幸せじゃないんですか」

ぎゅっと彼の軍服をつかむ。すると、頭の上で低い声が聞こえた。それはほとんどひとりごとのようだった。

「ライナー辺りにいらんことを吹き込まれたな？」

返事をしないでいると、ふう、と短く息を吐く音が聞こえた。

「つまらないことを考えるな。もし、なんてどれだけ思っても意味がない」

「はい……」

「俺はあのときの亜麻色の髪の乙女に再会できて、心から嬉しく思っている」

レオンハルト様はそっと腕の力を緩め、私の顔をのぞき込んだ。

「お前が元気にみんなを叱ってくれないと、うちの艦隊はダメになる。もちろん俺も」

「レオンハルト様……」

帽子を取られ、髪から頬へと私をなでる手が移動する。反射的にまぶたを閉じると、控えめな口づけが与えられた。

「ほら、笑え。俺の可愛い副官殿」

レオンハルト様は、私の右頬をぷにっとつまんだ。けっこう痛い。

「あう。わかりましたから、放してください」

「よろしい。では副官殿、俺からの指令を伝える。しかと記録せよ」

ニッと白い歯を見せて笑ったレオンハルト様は、私の頬から手を放した。


正気に戻った私は、レオンハルト様の言葉を間違えぬように記録し、連絡船の手配を済ませた。

そうだよね、過ぎ去ったことを悔やんだって仕方ない。

レオンハルト様の力になりたいと思いつつ、結局私の方が励まされてしまった。

彼の方は迫る戦闘の兆しを読み取りながら、全く平気な顔をしていた。

みんなのところに戻り、夕食が済むと、彼は幼年学校の教師のような口ぶりで兵士たちに告げた。

『というわけで、明朝に戦闘開始だ。今晩は早く寝ろよ』

兵士たちにそう命令すると、彼自身も幹部会議を終えたあとすぐに寝室に入ってしまった。

そして私は彼の体を拭き、作ってもらった衝立《ついたて》の陰で自分の体を拭いて、更衣を済ませた。すると。

「さあ、おいで」

アンバーの瞳が、肉食動物のそれを想起させた。

レオンハルト様がガウンだけを羽織った姿で、ベッドに私を誘っている。

一応警戒はするけれど、明日は戦闘に入る身だ。きっと無理はしないだろう。

抱き枕になる覚悟を決めて、彼の横に入り込む。すると、がばりと覆い被さられた。

「ひえっ」

両手をつかまれ、昼間とは別物の深いキスをされる。苦しくてもがくと、手が放された。と思うと、私の寝間着の中にレオンハルト様の大きな手が入り込んでくる。

「ちょ、明日は戦闘に入るんですよ⁉」

口を解放された途端にわめいた私を、彼は微笑んで見下ろした。

「だからだよ。恐怖心払拭《ふっしょく》と緊張緩和のためだ」

『嘘つき！』と叫ぶ前に、唇が塞がれた。貪るような彼の愛撫《あいぶ》に、直前のセリフはあながち嘘ではないのかなと、頭の片隅で思った。

彼は臆病ではない。それでも戦場に立つ直前には、やはり気分が落ち着かなくなるのだろう。

私は無駄な抵抗をやめて、彼の手に翻弄されることを選んだ。

これで少しでも、彼の複雑な心を満たすことができればいい。

そう思って、彼という大きな波に揺さぶられるうちに、夜は更けていった。

元帥閣下の見る景色

明朝。夜明けと共に総員起床し、戦闘準備に入った。

「そこ！　寝ぼけた顔をしないで働けっ！」

だらだらと歯を磨くフリをしてなにもしていない下士官を見つけ、叱り飛ばす。

「ほら、元気じゃないか」

レオンハルト様がそう言いながら、後ろを歩いていった。

体力的なものを心配していた私だけど、昨夜は短時間で解放されたため、思ったよりも体に疲労を残すことはなかった。

むしろ、ぐっすり眠って頭がはっきりしているくらいだ。でもそう言ったらレオンハルト様が調子に乗りそうなので、やめておこう。

あえて反論はせず、無視して仕事に取りかかる。

「そろそろ見えてくる頃だな」

総員が戦闘配置についたことを確認して甲板に戻ると、前回と同じく船首に立ったレオンハルト様が、望遠鏡で前方を見ていた。

彼が言う『見えてくる』のは、敵艦隊と味方艦隊の両方であることを私は知っている。おそらくその両方は、同時に視界に入ってくることだろう。

「今度こそは、もうちょっと後ろに……って言っても、無駄なんでしょうね」

帝国全艦隊の責任者は、私への返事の代わりに、ふっと笑った。

司令塔がいなくなると困るのに、彼は最前線から離れようとしない。相変わらず自分の旗艦をヴェルナー艦隊の先頭に配置している。

「見えてきましたな」

今回はベルツ参謀長がレオンハルト様のすぐ近くにいる。以前より作戦が複雑になるためだろう。

参謀長の低い声で、緊張が高まる。じっと目を凝らすと、すでに戦闘を始めている敵艦隊と味方艦隊が米粒くらいの大きさに見えた。

「うん、善戦しているな。作戦通りいけそうだ。アドルフに、今の速度を維持して進めと指示しろ」

レオンハルト様に言われ、船尾の操舵輪を握っているアドルフさんに合図を送った。

ヴェルナー艦隊の合流を待つ味方艦隊のため、全力で駆けつけるかと思いきや、レオンハルト様はゆっくりと艦隊を前進させることを指示した。

私たちが向かう右前方には味方艦隊、左前方に敵艦隊。

「いいぞ、うまいこと潮の流れに乗っている」

望遠鏡で戦況を見ながら、ニッと口角を上げるレオンハルト様。

この人、戦争も嫌いだけど、なにより負けず嫌いなんだろうな。


やがて肉眼でも、黒塗りにされた敵艦隊と味方艦隊の攻撃の応酬が見えてきた。

船のそばでパッと火花が咲いたと思うと、ドオン！という爆音が空に響いた。煙が雲のように船に纏わりつきながら、風に流されていく。

一見、味方艦隊が押されているように思える。味方艦隊は紡錘状に艦隊を配置し、ちょうど真ん中に、他の艦に守られるようにして旗艦が浮かんでいた。

味方艦隊は少し攻撃しては向かい風に煽られて潮に流され、後退しているように見えた。味方は何度も攻撃しては後退し……を繰り返す。その間、艦隊は無秩序に横に広がったりはせず、紡錘陣形を守り抜いている。

敵は逃げる味方を追い、陣形を崩し始めた。流されるスピードが速い味方を追うためだろう。

「よし、そろそろだな。速度を上げろ！」

ベルツ参謀長が無言でレオンハルト様の指令にうなずく。それを見て再びアドルフさんに合図を送った。

ヴェルナー艦隊は傘の形をした陣で、黒い悪龍のように伸びた敵艦隊の列の脇腹へと突っ込んでいく。

敵艦隊が気づき、こちらにも船首を向け始める。

いよいよだ。スピードを上げた船が揺れる。

気づけば拳を握りしめていた。両手にじっとりと汗をかいている。

「砲撃用意！」

レオンハルト様の声が響くと、ライナーさんが主砲に手をかける。空に上げられたレオンハルト様の右手に兵士が注目していた。

「撃て！」

敵艦隊が射程距離内に入った瞬間、レオンハルト様の右手が下ろされた。同時に、ライナーさんが操る主砲が火を噴く。砲撃の振動が足の裏から全身を刺激した。

それを合図にしたように、他の艦もライナーさんが狙った一点を集中的に砲撃する。

海上に無数の砲火が花を咲かせ、散っていく。

集中砲火を受けた地点にいる敵艦隊の何隻かが火を噴き、折れ曲がり、海へ呑まれていく。

「レオンハルト様、敵が分裂します！」

見たままのことを思わず口に出してしまった。悪龍の腹をちぎるように、伸びきった敵の戦線を私たちは真っぷたつにしたのだった。

分断された敵は、味方艦隊を向いていいのかヴェルナー艦隊を向けばいいのか、混乱しているようだ。

「今だ、どんどん撃て！」

なおもヴェルナー艦隊の容赦ない砲撃は続く。

敵は混乱をきたしていたけれど、やがて分断された箇所からふたつの部隊に分かれ、味方艦隊とヴェルナー艦隊をそれぞれ攻撃し始めた。

味方艦隊を攻撃する敵艦の数は、これで半分以下に激減した。残りをヴェルナー艦隊が引き受ける。全てレオンハルト様の計画通りだった。

「よし、これくらいの数なら、あっちもなんとかできるだろ」

「なんとかしてもらわねば困りますな」

呟いたレオンハルト様に、ベルツ参謀長が同意した。

右前方に、分断されて数が減った敵艦隊を攻撃する味方艦隊が目に入る。味方は息を吹き返したように潮の流れに逆らい、前進を始めた。陣形を翼の形に広げ、砲撃しながら近づいていき、敵の数を確実に減らしていく。

敵を分断し、数が多い方をヴェルナー艦隊が引き受けることになるのは最初からわかりきっていたことだ。不平を言う兵士はいなかった。

陣形を崩さないようにしていたヴェルナー艦隊に、敵艦隊がバラバラに突っ込んでくる。連携の取れた砲撃の合間を抜けてきた敵艦隊が目前に迫り、放たれた砲弾が私たちの旗艦の腹を掠めていく。

「外れたか」

ベルツ参謀長が、額の汗を拭う。衝突しないようにギリギリですれ違った敵旗艦の甲板から、こちらをにらんでいるエカベト兵たちの顔が見えた。彼らは銃を構える。

「伏せろ！」

ライナーさんの声が響くとほぼ同時に、何重もの銃声が鼓膜を貫く。慌てて耳を押さえて伏せる私の頬の横を、銃弾が駆け抜けていった。

「あぶなっ……」

ちょっと間違えたら、眉間を撃ち抜かれていた。

ぞっとする間もなく、連続した銃声がやむ。敵の装填が終わる前にレオンハルト様が叫んだ。

「皆の者、立ち上がれ！　砲撃用意！」

船の側面に並ぶ大砲に砲弾が装填される。敵の銃が火を噴こうという瞬間、こちらの方がわずかに先を制した。

「撃て！」

レオンハルト様の指示で次々に大砲が放たれる。至近距離で轟音《ごうおん》をたてたそれは、装甲の厚い敵艦の腹を突き破った。

甲板にいた敵兵たちが衝撃でよろめく。その顔は青ざめ、恐怖に震えていた。

ごくりと息を呑む。隣にいるレオンハルト様は、なかなか次の命令を出さない。敵艦の末路を見届けようとするかのように、じっとしていた。

「巻き込まれるぞ！　面舵いっぱい！」

黙っているレオンハルト様の代わりに、ベルツ参謀長が指示を出す。目の前にはごぼごぼと、大気を巻き添えにして沈みゆく敵艦。あまり近くにいると、こちらまで発生する渦に巻き込まれてしまう。

その場から離れる間中、敵艦隊からの悲鳴が鼓膜を突き刺し続ける。なにを言っているのかまではわからないけど、必死で誰かの名前を呼んでいるかのように見える敵兵たちの顔。

母親か、子か、婚約者か。誰かを求めるようにもがく腕は、やがて冷たい海の中に放り出される。

水面でもがく彼らの周りに、傷から流出した血液が赤い模様を作った。赤く染まった海の中に呑み込まれていく敵艦。

近くにいた他の敵艦も、巻き込まれないようにするのが必死で救助ができない。泳いで逃げようとするエカベト兵を無残に押しつぶし、波の中に引きずり込んでいく。

「……レオンハルト様……」

初めて間近で見る凄惨な場面は、まるで地獄絵図のよう。背中を震えが走り、思わずレオンハルト様に寄り添う。目を閉じ、耳を塞ごうとした私を、彼の言葉が制した。

「目を逸らすな。彼らの声を忘れるな。これが戦争というものだ」

厳しい冬の寒さを想起させるような声で言われ、彼の顔を見上げる。彼自身は目を逸らすことなく、死の接吻《せっぷん》をされた者たちの顔をじっと見つめていた。

「はい」

嘔吐感《おうとかん》が込み上げる。涙までにじんでくるけれど、決して泣くわけにはいかない。

レオンハルト様は、いったい何度このような光景を見てきたのだろう。自分が葬った人たちから逃げることなく、地獄のような惨状をその網膜に焼きつけてきたのだろうか。

これが、レオンハルト様を苦しませる悪夢の正体……。

本人に確認したわけではないけど、そう直感した。私自身、この光景はしばらく頭から離れそうにない。

「おい、元帥閣下、次の指示は！」

ライナーさんから怒鳴るような大声が飛ぶ。

瞬きをして前を見れば、敵艦隊は旗艦を失い、船体に多大な損失を受けたものが多く、ほとんど戦闘不能の状態だった。まだ無事な兵士がいるであろう船は降伏の白旗を上げていた。

船尾の方へ走る。背後にいる敵も、味方艦隊が制圧しつつあった。

これで戦闘が終わった。そう思ったとき。

「あ、やばい」

操舵輪から右手を放し、左方を見て呟くアドルフさん。いつも穏やかなその顔が汗にまみれ、険しく歪《ゆが》んでいた。

不吉な予感がして、彼がいるところまで階段で上がると、船尾から見て左方から、そして右方からもエカベト艦隊の黒い船が迫ってきているのが見えた。

「レオンハルト様！　旗艦後方、左右から新たな敵が近づいてきています！」

叫びながら全速力で船首に戻る。そこではすでに事態を把握した顔で、レオンハルト様が腕を組んでいた。その眉間にはわずかなシワが。

「降伏したはずの敵が……！」

援軍が来たことに気づいたのだろう。正面にいる敵艦隊の残党が白旗を捨てて動きだし、陣形を組み直し始めている。

「全く、素直に諦めればいいものを」

レオンハルト様が大きく舌打ちをした。

このままだと、味方艦隊全体が敵艦隊に包囲されてしまう。レオンハルト様は次の作戦を即決した。

「味方艦隊に連絡しろ。すぐにこちらの艦隊と合流し、紡錘陣形を取れ。速度を上げて正面に突っ込む」

ベルッ参謀長も苦々しい顔で同意する。

「それしかありませんな」

「えええええっ」

ちょっと待って。周りを敵に包囲された場合は、後退して態勢を立て直す……つまり、一回逃げて仕切り直すのが定石だって士官学校で習った。まさかこの状況で突っ込んじゃうの？

「待ってください、レオンハルト様」

望遠鏡を借りて後方を見る。新しく来た援軍の数を合わせたら、こちらの二艦隊を足した数より多くなりそう。

「数的に劣勢です。ここは後退するべきでは」

つかみかかる勢いでレオンハルト様を説得しようとするけど、彼は全く意に介する様子がない。

「今さら後退したって、どうせ包囲されるか、左右から集合したあの大軍と正面衝突するだけだ。まず弱っている正面の敵を潰す。それから順番に各個撃破するしかない」

「そんなにうまくいきますか？」

「心配するな。勝てばいいんだろ」

不遜な態度でふんぞり返るレオンハルト様。私がどう言っても彼が作戦を変えることはなさそうだ。

いくら優勢だったとはいえ、直前までの戦闘でこちらの損失がゼロというわけではない。敵の砲弾に敗れた船は何隻か存在した。味方艦隊も一割くらいその数を減らしている。

そんな状態で、数の上で優勢な敵軍に突っ込むというのは無謀に思える。それでも、命令を受けた兵士たちに動揺の色は見られなかった。

みんな、この日のために訓練してきたんだ。ここで怯《ひる》むような臆病者はヴェルナー艦隊には不要だ。私たちが逃げだせば、帝国に残してきた大事な人たちを危険にさらすことになる。

それはわかるけど、わざわざ正面から突っ込まなくても！

結局、私の意見は完全に無視され、味方艦隊と合体して陣形を整えるなり、艦隊は速度を上げて正面に残っている敵の群れに突っ込んだ。

そこからの戦闘はますます、すさまじいものとなった。

海上に無数の火花が咲き乱れ、着弾の煙で視界が白く染まった。硝煙と血のにおいが鼻をつき、攻撃を受けた艦体は大きく揺さぶられる。

「気を緩めるな！　すぐに次の敵と衝突するぞ！」

とにかく正面の敵を撃破すると、即座に右側へ方向を変える。左後方から来る敵が追いつかないうちに、右後方の艦隊と砲弾を交えることになった。

「大将、このペースで攻撃していたら、そのうち弾がなくなってしまいます」

「泣きごとは聞きたくねえ！　無駄弾を撃たなきゃいいんだよ！」

ライナーさんの怒号が飛ぶ。砲手たちはますます集中して狙いを定めることを要求され、眉間にシワを寄せた。

彼らの努力で一ヵ所に集中砲火を浴びせ、敵陣形を崩壊させる。それを組み直そうと方向転換する隙に、さらなる砲弾を撃ち込み、こちらも白旗を上げさせることに成功した。

と思えば、背後から最後の敵艦隊が迫ってきている。

「次、来ます！」

腕を叩くと、レオンハルト様が軍服を翻して振り返る。最後の敵をアンバーの瞳でにらんだ。

「今から方向転換していたら、隙が生じてしまう。アドルフ、面舵いっぱい！　ルカ、味方艦隊についてこいと信号を送れ」

「はい！」

そうしてアルバトゥス艦隊は大きく右に旋回し、敵の背後に回り込もうとした。しかし敵の動きもなかなか速い。いつの間にか敵艦隊の頭がこちらの最後尾を、アルバトゥス艦隊の船首が敵艦隊のしっぽを狙い、ぐるぐると円を描くようにして、激しい戦火の応酬が開始された。

——最初に敵と衝突してから八時間後。

「終わった……」

座り込みながら私が零した声は、からからに掠れていた。静かになった海面に残った敵艦たちに白旗が掲げられている。

こちらは全体の約三割を失ったように見える。そのほとんどは、途中で合流した味方艦隊のようだ。ヴェルナー艦隊の指揮についていけず陣形を崩した船が集中砲火を浴びせられたのだ。

「あー、きつかった。どうすんだよ、レオンハルト。これだけの船の敵、全部捕虜にするのか？」

ライナーさんが、火薬の燃えカスで真っ黒になった頬を手の甲で拭いながら言う。

「思ったより残らなかったな」

レオンハルト様がぽつりと零す。援軍を合わせて何百とあったように見えた敵艦も、白旗を上げられる状態で残ったのは三十隻ほどだった。

それぞれの艦隊ごとの巨大な旗艦たちは、あるものは沈没し、あるものは敗北を覚悟して自爆した。それに続いて自爆する船が相次いだ。

「あ、あれは味方か。今頃遅いよね」

のんびりとこちらに歩いてきたアドルフさんが、右斜め後方を指差す。そこには帝国の旗を掲げた新たな味方艦隊が。

「まあいい。あいつらに捕虜の処理は全て任せよう。決して理由もなく暴行をしないよう、釘《くぎ》を刺しておいてくれ。俺は疲れた。寝る」

そう言い、レオンハルト様は深いため息をついた。

八時間も揺れる船の上で立ちっぱなしで指揮を続けていたんだもの。疲れて当たり前だ。

「皆の者、よくやってくれた。我が軍の勝利だ」

みんなに向かってそう言う声にも、疲れがにじんでいた。兵士たちも、喜ぶというよりは安堵しながら甲板に座り込む。船の中にいる誰もが疲れ果てていた。今の私たちに必要なのは、勝利の余韻ではなく、単なる休息らしい。

ふと船べりを見ると、負傷した兵士をクリストフが険しい顔で治療している。彼は当分、休む暇がなさそう。気の毒に……。

　私たちは一番近くにある帝国領土の島に船を係留させることにした。あとから来た味方と補給艦から補給物資を受け取り、艦隊を編成し直したあとに再出航することになるだろう。

「とにかく休むぞ、ルカ。お前も来い」

　疲れた頭と体を抱えつつ、それでも戦闘後の事務処理をしようとしていた私を呼び止め、レオンハルト様は肩を組んで船外へと連行していく。

　モンテルカストのように公式の補給基地となってはいない、こぢんまりとした島は、大勢の兵士が泊まれる宿屋も、綺麗なお姉さんがお酌してくれる店もないらしい。ほとんどの兵士は船内で倒れ込むように休んでいるのだと、がっかりした顔のライナーさんが教えてくれた。

　幹部と階級が上の者だけが泊まることになった宿屋で、私たちはぐっすりと眠った。悪夢を見るのは、明日以降にしよう。そう思って眠ったからか、肉体的疲労が心理的負荷を上回ったのか、私もレオンハルト様も、うなされることはなかった。

　私たちが一時的に身を寄せた島の名前は、センナという。一応、所有権はアルバトゥスのものになっているけど、海軍が使用するための設備はできていない。港を占領してしまった帝国艦隊を、地元の漁師たちは迷惑そうに見つめていた。

「完全アウェーですね」

「仕方ないさ」

一夜明け、傷ついた艦体を修理する。本来は現地の船職人の手を借りたいところだけど、島には軍艦を修理できる技術を持った職人はいないとのこと。

「命を懸けて戦っても、こんな扱いかよ」

釘を口にくわえて金づちを持ったライナーさんが、もごもごとぼやく。意外と似合っていると思ったことは、言わずにおこうか。

「ここは何度も所有者が変わっているからな。エカベト領だったこともある。戦争が起きるたびに巻き込まれて、いい迷惑だと思っているだろうよ」

「帝国本土から遠く離れて、しがらみも少ないが恩恵もほとんど受けていない。だから、皇帝陛下に対する忠誠心は皆無に近い。この島の人々が自分の暮らしを帝国海軍に乱されたくないと思うのは当然だろ」

レオンハルト様と、近くで塗装剤とハケを持ったアドルフさんに交互に言われ、ライナーさんは諦めたように作業に没頭し始めた。

こういった作業も、下士官から上級大将、果ては元帥まで参加するのがヴェルナー艦隊独特の習わしだそう。私たちは、修理専門兵士の指示に従って修理をしていた。

ベルツ参謀長は破壊された大砲を新しいものに入れ替える作業の指揮を執っていた。

大砲はあとから来た補給艦が運んできたもの。

私は作業をしながら、昨夜のことを思い出す。

＊　＊　＊

戦闘が終わり、センナに船を係留して、やっと休めると思った瞬間。帝国海軍の一艦隊を任されているメイヤー提督が、レオンハルト様と私たち幹部が泊まる宿屋にやってきた。

「すぐに出発し、この勢いでエカベトを陥落させましょう。勝利は目の前です！」

上級大将の階級章を揺らしながら、レオンハルト様を鼓舞しようとしたチョビ髭のメイヤー提督だったけど……。

「うちの艦隊は敵主力艦隊と交戦し、多くの損害を被った。兵士たちの休息と十分な補給がなにより重要だと考える。もう少し、主力艦隊を壊滅させられた相手の降伏宣言を待ってもよかろう」

レオンハルト様は出陣しようとしない。疲労と眠気で重くなったまぶたが、メイヤー提督をにらんでいるように見えた。

「そんな悠長な。私の他にもこちらにアルバトゥス海軍が集結しつつあります。ぜひ、ヴェルナー元帥閣下のお力を……」

「では、集結するまで待つ。この島は狭すぎるから、モンテルカストに戻ろう。そこから艦隊編成をし直して……」

モンテルカストに戻って、補給と編成をし直してエカベトに出航するとなれば、二週間はかかってしまう。すぐに戦いたくてうずうずしているようなメイヤー提督は地団駄を踏んだ。大人になって地団駄を踏んでいる人、初めて見た。

「たかが三割の損害を出しただけで怖じ気《おけ》づいたのですか、元帥閣下！」

わめくようなメイヤー提督の声が、その場の空気を凍りつかせた。ライナーさんとアドルフさんが苦々しい顔で視線を交わす。ベルツ参謀長は冷静さを保ち、ただじっとメイヤー提督を見つめた。

そして、レオンハルト様が立ち上がった。アンバーの瞳が、燃えるようにギラリと光る。

「〝たかが〟三割だと」

怒気を孕んだ声が、幹部たちの眠気を追い払う。メイヤー提督は恐れおののいた顔で口をつぐんだ。

「お前にとって〝たかが三割の損害〟でもな、沈められた船には兵士が乗っていたんだ。みんな誰かの子だ。あるいは誰かの父か、恋人か、友人か……。それを〝たかが〟とは何事か」

「いや、あの……」

「俺の任務は、ひとりでも多くの兵士を国に帰すことだと思っている。無謀な出陣はできない。やりたければお前さんたちで勝手にやってくれ。勲章も武勲も、俺にはこれ以上必要ない」

決然とした声で、ぴしゃりと言い放ったレオンハルト様は、メイヤー提督の反論を待たずに背中を向け、憮然《ぶぜん》とした態度で部屋を出ていってしまった。

「あの……あなたたちで元帥閣下を説得してくれませんか。敵軍の士気が著しく低下している今が好機です。こちらが態勢を立て直すうちに、敵も立ち直ってしまう」

おろおろしながらも、私たち幹部を説得しようとするメイヤー提督。

「無理だな。戦闘好きの俺でも、今は休みたい。あいつにはますます無理だ」

「うん、無理だね」

ライナーさんとアドルフさんが、ばっさりとメイヤー提督の懇願を断ち切る。

「うちの提督は頑固なのです。どうぞ、武勲はその手ひとつに収められますよう」

ベルツ参謀長が追い打ちをかけると、メイヤー提督は憤慨しながら自分の船に戻っていった。

「やっと寝られるな」

静かになると同時に、それぞれの部屋に散っていく幹部たち。私はレオンハルト様の部屋に向かった。扉の取っ手をつかむと、それはなんの抵抗もなく回った。

「鍵もかけないなんて、不用心な……」

密偵が潜んでいたら危ないじゃない。

しかしその心配は無用だった。レオンハルト様はすでにベッドの中で、夢の世界に旅立っていた。

鍵をかけ、半分空いたベッドに近づく。自分の体力も限界だった。自ら重い軍服を脱ぎ捨て、レオンハルト様の横に潜り込んだ。

＊　＊　＊

……とまぁそんな具合で、ヴェルナー艦隊はセンナに残った。メイヤー艦隊は結局モンテルカストまで戻り、皇帝陛下の司令を待つことにしたらしい。

現場の総指揮権はレオンハルト様にある。彼が動かないとなれば、皇帝陛下から勅命が下るのを待つしかない。

「連絡船が本国まで行って帰ってくるまで、まだ四日はあるだろう」

レオンハルト様は悠々と船を直し、補給を整え、艦隊の再編成を考えていた。船の修理が終わったときには、センナに着いてから二日が経っていた。

修理とひと口に言っても、手伝ってくれる船大工がいるわけでも、物資がそろっているわけでもないセンナでは自分たちで修理をするしかないので、見た目は多少悪くなった。けど、航行するには全く問題ないという。

その夜、私は宿屋でクリストフに傷の抜糸をしてもらうことに。

傷を縫った糸を切るときに少しチクリとしたけれど、痛みはそれほどではなく、傷は赤い線のような痕を残したものの、ケロイド状にもならず治癒していた。

「これでよし。もう入浴しても大丈夫です」

クリストフが明るい声でそう言うと、隣で見守るレオンハルト様が安堵したように息をついた。

「思ったより、目立たなくなってよかった。入浴なぁ……適した場所がないな」

センナの宿屋にあるのは大きな混浴共同風呂ひとつ。宿屋にお金を払えば、短時間だけでも貸し切りにできるかもしれないけど、そこまでやると周りに不審がられそう。お風呂に入れるのは、本国に帰ってからになりそうだな。無事に帰れたら、だけど。

ほとんど諦めかけている私を見て、クリストフがなにか思いついたように上空を指差した。

「そういえば、この島には温泉が湧いているそうですよ」

「温泉？」

レオンハルト様が身を乗り出す。

温泉かぁ。本で読んだことはあっても、本国にはないから実際に入ったことはない。ライナーさん辺りが知れば大喜びしそう。お酒を持ち込んで、砲撃手を集めて宴会とか……。

いかんせん温泉って野外だものね。ちょっと私にはリスクが高すぎる。全方位から誰かに見られていないか気にしなきゃいけないし。

結局諦めていると、レオンハルト様がとんでもないことを。

「今から入ればいい。俺が見張っていてやるから。夜中に温泉に入りに来る物好きはいないだろ」

「ええっ」

夜中だから誰も来ないとは限らない。夜遊びの習慣がなさそうなセンナの人たちだって、『おっ、そういえば温泉あったなー。突然入りたくなってきたなー。お母さん、ランプを用意してくれ』って感じになることもあるかも。

「いえ、でも。元帥閣下ともあろうお方に、私ごときの入浴の警備など、させられません」

レオンハルト様とクリストフ以外の人に、女だとバラすわけにはいかない。やんわり断ると、レオンハルト様は眉間にシワを寄せて唸った。

「……こんなことは言いたくないんだが。ルカ、ちょっとにおうんだよ」

「ふお！」

ひ、ひどい。たしかに体拭きだけでは綺麗にしきれていないだろうけど、あえて口に出すなんて。

自分で自分の腕のにおいを嗅ぐ。

それほどでもないような……。でも、自分のことって意外と気づかなかったりするからなあ。

「やっぱり、たまには湯船に浸《つ》からないと。なぁクリストフ」

「はい。入浴で清潔を保ち、体を温めることは健康に繋がります」

話を振られ、すかさず同意するクリストフ。

本当かよ。事前に誰が使ったかわからない温泉だ。いくら傷が塞がっていても、感染のリスクが皆無ではないような気がするのは私だけ？

その温泉は誰かの所有物というわけではなく、誰でも使っていいものらしい。

「よし、善は急げだ。行くぞ、ルカ」

「ええ～っ」

絶対に誰も来ないという保証はないし、けっこう危険だよね……でも、お風呂に入りたい欲求は帝都を離れたときから増すばかり。

今日くらい甘えてもいいかな？　この機会を逃したら、次はいつお風呂に入れるかわからない。くさいと思われるのも嫌だし。

こうして私とレオンハルト様はクリストフに案内され、小さなランプの灯りを頼りに、噂の温泉に向かうことにした。

宿屋の裏手から足場の悪い山道を通った先の温泉は、小高い崖の上にあった。すぐ下には海が広がっている。こんなところに温泉って湧くんだ。

丸い岩で囲まれた温泉は乳白色をしていた。手を入れるとたしかに温かい。白い湯気が立ち上り、なんとも言えない香りが辺りに漂っていた。

「では、ごゆっくり」

クリストフは先に帰っていった。あとに残されたのは私とレオンハルト様、そして小さなランプがひとつ。

灯りが全くなければ着替えるのもおぼつかない暗闇を、夜空に浮かんだ星々が照らしていた。

「えっと……後ろを向いていてくれませんか。できれば、あの木陰で」

手近な木を指差すと、レオンハルト様はうなずいた。

レオンハルト様が木陰に姿を隠したのを確認し、地面に置いたランプの横で服を脱ぐ。衣擦《きぬず》れの音が静かな空間にやけに大きく響き、緊張を高まらせた。

男の人の前で自ら服を脱ぐ私を姉上が見たら、卒倒することだろう。

裸になると、冷たい夜風が肌を刺す。肩甲骨まである亜麻色の髪を高い位置でくくり、つま先からゆっくりとお湯の中に入っていった。

「わあ……」

お湯の温かさが、体の緊張をほぐしていくのがわかる。

久しぶりのお風呂だ。しかも、満天の星々の下でこんな貸し切り風呂に入れるなんて、贅沢《ぜいたく》極まりない。

「とってもいいお湯ですよ、レオンハルト様。明日時間があればぜひ……」

そう言いながら後ろを振り返ってギョッとした。言葉を失った私の前に、裸のレオンハルト様が、なにも隠そうとせずに堂々と立っていたから。

「きゃああっ」

目を覆い、顔を背ける。

どど、どうして見張りのはずのレオンハルト様が裸に!?

混乱する私の横で、ざぶんという音と共にお湯が大きく揺れた。

「うむ、たしかにいい湯だ」

声のした方を指の間からそっとのぞき見る。するとやっぱり、レオンハルト様が真横で温泉に浸かってリラックスしていた。

「見張りをしてくれるって言ったのに！　嘘つきじゃないですかっ」

乳白色のお湯の中に彼の体が隠れているのをいいことに、顔から手を放し、堂々と目を見て抗議する。けれどレオンハルト様は、ふふんと憎らしく笑った。いたずらを完成させた子供の顔で。

「心配するな。お前が服を脱いでいる間に、周りに地雷を設置しておいたから」

「それも嘘ですね」

海軍が地雷を持っているわけないじゃん。

責めるけど、レオンハルト様は全く反省していない。

「固いことを言うな。これほどの湯をひとり占めすることもあるまい」

意味のわからないセリフを吐くと、筋肉のこりをほぐすように、こきこきと首を鳴らすレオンハルト様。

「もう！」

せっかく久しぶりに、お風呂にゆっくり浸かってリラックスできると思ったのに。これじゃあ逆に緊張しちゃうよ。

お湯から出ないように注意し、低い姿勢でレオンハルト様から離れようとすると。

「まあまあ、そう嫌うな」

「んなっ⁉」

私の左にいたレオンハルト様の右腕が背後に回り、私の右肩をつかんだ。自然と寄り添うような姿勢になってしまい、わずかにとろみのついているお湯の中で、肌が触れる。

「ほら、あの星々を見ろ。素晴らしいじゃないか」

晴れた夜空に無数の星々がちりばめられている。まるで宝石箱をひっくり返したみたい。

「星はたしかに綺麗ですけど……」

この体勢じゃ、レオンハルト様に気を取られて星に集中できない。

結局緊張して身を固くしていると、レオンハルト様が笑った。

「カッチカチじゃないか。仕方がない、俺がほぐしてやるか」

「えっ?」

「すぐに慣れきってしまう女よりは可愛いな」

言うが早いか、レオンハルト様の左手が動いた。まずいと本能が察知するも、抵抗する前に後頭部に手を回され、彼の上半身が水面に波を立てる。

「んっ」

濡れた唇が押しつけられる。それは簡単に私の唇を開き、中に侵入を果たした。わずかに離された瞬間、息も絶え絶えに反論する。

「いやっ、無理……」

いくらなんでも野外では……。誰か来たらどうするの。

こんなところを見られたら、いろんな意味で終わりだ。そんな危機感が余計に心拍数を増加させる。

抵抗しようと思うのに、カチカチだった体から力が抜けていく。

「誰も来ないさ」

「そんなの、わからな……っ」

お湯の中で彼の大きな手が胸を這う。今までと違う感覚に、全身が震えた。

「よく軍人は『戦いの最中に死にたい』とか言うが、俺は嫌だね。どうせなら好きな女と抱き合って死にたい」

「勝手に、ひとりで、死んでくださいっ」

「ははっ。そう言うなよ。俺はお前と一緒がいい」

身勝手な元帥閣下は、お湯の中で私を翻弄する。

抜糸が済んだあとだからか、その動きは遠慮のないもので、巨大な魚が跳ねて戻っていくかのような音を何度も辺りに響かせた。

元帥閣下、上陸する

……きっと最初から、温泉に一緒に入るつもりだったんだ。そうに違いない。人のことを『におう』とまで言って。

結局温泉でのぼせてしまった私は、レオンハルト様に背負われて宿屋に帰ってきたらしい。

翌日も引き続く頭痛で臥せっていたけど、昼過ぎになって体調が回復してきたので、ベッドから起きて軍服を纏う。髪をひとつに縛って軍用帽の中に入れ、宿泊している部屋から出たときだった。

「わあ。アドルフさん」

扉を開けたらアドルフさんが驚いた顔をしていた。私の姿を認めると、赤毛の操舵長はにこりと笑う。

「ちょうどルカを呼びに来たんだ」

「私を？　なにかあったんですか？」

胸の中を暗い影がよぎる。いつまでもこの、のんびりした島で休憩できるはずはないとわかっている。アルバトゥスとエカベトの間になにか動きがあったんだろう。うなずいて案内された広間に向かうと、そこにはこの前激怒してここを去ったメイヤー提督と、他にも偉そうな見た目の男が七人も集まっていた。彼らの階級章を見ると、みんな上級大将や大将、中将だということがわかる。

食事用の大きな長方形のテーブルの上座にいたのは、レオンハルト様。しっかりと軍服を着込んでいる。同じように七人の上級士官たちがテーブルを囲む。下座にベルツ参謀長とライナーさんがいた。

「おや、そちらの少年は元帥閣下の小姓ですか？　飲み物でも運んでくれるのかな」

遅れて現れた私を、中将の階級章をつけた褐色の髪の男が見つけて言う。その視線は、場違いな私をあざ笑っているように見えた。

「彼は私の副官だ。陸軍元帥クローゼ閣下の長男である」

レオンハルト様がわざわざ父上の名前を出すと、中将は口をつぐんだ。彼以外の者も一瞬ざわつきはしたものの、それ以上、私がこの場に同席することに異論を唱える者はいなかった。

私とアドルフさんは席がなく、レオンハルト様の近くの壁際に立つことにした。

「彼らはみんな、帝国海軍の提督。今から楽しくない会議が始まるよ」

アドルフさんがそう耳打ちしてきた。提督ってことは、みんな各艦隊のトップってことだ。

四人は四十代から五十代に見え、ふたりは三十代中盤。ひとりだけレオンハルト様と同年代に見える。これだけでも、二十代後半で元帥になったレオンハルト様は、稀《まれ》に見る速さで出世したことがわかる。

「で、皇帝陛下から勅命が下されたというのはたしかな話か？　ファネール」

「はい。これをご覧ください」

レオンハルト様が尋ねると、一番若く見える銅色の髪のファネール提督が恭しく巻物を取り出し、紐を解く。

みんなの前でそれを開き、朗読しだすファネール提督。

「このたびの勝利、誠に見事であった」

それは敵艦隊の主力を壊滅せしめた、先日の戦闘に対する賛辞で始まった。

「アルバトゥス帝国皇帝、ハンヒェン四世の名において命ずる。レオンハルト・ヴェルナー以下七名の提督率いる艦隊で、エカベト本土を攻撃すべし」

続いて七名の提督の名前が読み上げられる。当然、今集まっている提督たちの名だ。

「抵抗するようであれば、いかなる犠牲を払ってでもエカベト国王の首を取れ。降伏するようであればそれもよし。生きたまま国王を帝都に連れて帰ること」

いかなる犠牲って。自分が戦わないからって好きなこと言わないでよ。

先の戦いで海に沈んでいった敵兵の声が、脳裏でこだまする。思わず顔をしかめてしまった。

「戦略、兵士の配置、攻略後のエカベトに配置する人事等、詳細はヴェルナー元帥に一任する。以上」

ファネール提督がくるくると巻物を巻き取ると、重い沈黙が広間の中を満たした。

とうとう皇帝陛下の勅命が下った。こうなれば、レオンハルト様も出陣せざるを得ない。

「つまるところ、俺に丸投げってことか。それでいて勝つ気満々だ」

一歩間違えば不敬罪に問われそうな口調で、レオンハルト様が苦笑交じりに吐き捨てた。

「もうひとつ書状をお預かりしております。降伏に応じるようなら、エカベト国王に渡すようにと」

ファネール提督は別の巻物を取り出した。

「丁寧だな。なんとしてでも勝てってことか」

それを受け取り、テーブルの上に静かに置くレオンハルト様。

「元帥閣下のお力で、敵の海軍は壊滅同然と言えましょう。残るのはエカベト本土の陸軍と、わずかな旧式戦艦のみ」

メイヤー提督が立ち上がる。その目は闘志がみなぎり、炎が燃えているように輝いていた。

「そうらしいな。それなのに、この大群を連れてエカベトをぶっ潰してこいと」

皇帝陛下を皮肉るようなレオンハルト様に、最年長の白髪《しらが》の提督が穏やかに告げる。

「これだけいれば、敵の士気に与える影響は大きいでしょう。なるべく早く降伏させられるとは思いませんか？」

激しい攻撃を加えずして戦意喪失させると。そういうことか。

「元帥閣下の副官殿の意見は？」

褐色の髪の提督が、また私に話を振る。

さっきから感じ悪いな、この人。

「簡単に無血開城とはいかないでしょう。私たちが近づけば、あちらは迎撃しようとするに違いありません。交戦を最小限にして、相手の首脳部と直接対話する道があればいいのですが」

そこまで意見を述べると、褐色の髪の提督は、ふっと苦笑を漏らした。『青二才が甘いことを言っている』とでも思ったのだろう。

それを無視して、ベルツ参謀長が拍手して私の意見を受け入れた。

「その通り。これ以上の戦闘は無意味である。ほとんど勝敗は決まっているのだから。皇帝陛下は、相手が降伏したらどうなさるおつもりなのか、それをまず知りたく存じます」

ベルツ参謀長の形式ばった言葉にうなずき、レオンハルト様がテーブルに置いておいた巻物を開く。

「わああ、元帥閣下！　エカベト国王以外の人間が勝手に開けてはいけません！」

ファネール提督が慌てても、レオンハルト様は意に介さない。

「いいんだよ、もとに戻しておけば。なになに、ふーん……。無条件降伏すれば、エカベト国民に危害は加えないとさ。王族は捕虜になってもらうが、その生活は保障すると。無難だな」

「無難ですが、それがあるとないとではかなり違います」

「ああ。相手が降伏さえすれば、犠牲は少なくて済みそうだ。さすがは、我らが皇帝陛下」

レオンハルト様とベルツ参謀長は視線を交わし合う。たったそれだけで、今後の作戦を語り合っているように感じた。

もちろん、いつも一緒にいない提督たちは、そわそわした視線でふたりを見ている。

「よし、これをなるべく早くエカベトに届けよう。ルカ、綺麗に結び直してくれ」

「ええ～」

自分でできないなら、解かなきゃいいのに……。

皇帝陛下直筆の書状を雑に扱うヴェルナー一味を、他の提督たちは眉間にシワを寄せて見ていた。

「エカベトに届けるのはもちろんですが、どうしても交戦は避けられません」

四十代の金髪の提督が言う。それを聞いたレオンハルト様は不敵に笑った。

「そうだな。しかし短時間で終わらせよう。交戦の途中で戦火をかいくぐって国王に会い、降伏を勧めるんだ」

「はあ？　まさかそれを、誰かにやれって言うんじゃないだろうな」

黙っていたライナーさんが口を挟んだ。

海からは味方艦隊の砲撃、陸からは敵の陸軍の攻撃……おそらく地上からの射撃と城塞からの砲撃。その間を通って国王に面会を申し込むなんて、無謀極まりない。

「まあ安心しろ。俺は自分だけ安全な場所に隠れていようとは思わない」

レオンハルト様が腕組みをして、はっきりと言う。七人の提督とヴェルナー艦隊幹部が、一斉に黒髪の元帥閣下を凝視した。

まさか、この人……。

「俺が行く」

やっぱり！　自分が行く気だった！

「ダメです！　いくら不敗の軍神と謳《うた》われようと、そんなことをしたら絶対に死にますよ！」

周りの目を気にせず、レオンハルト様の前のテーブルをドン！と叩いた。けれど彼は眉ひとつ動かさない。

「じゃあ、代わりに行きたい者はいるか？　ここで功績を上げれば、昇進間違いなしだが」

ぐるりと見回され、提督たちは全員、アンバーの瞳と視線が合わないようにそっぽを向く。

「なんと情けない！　いいです、私が行きます！」

勢いよく手を上げると、レオンハルト様が私を見て低い声で言った。

「お前はダメ。見た目でなめられるし、無鉄砲なわりにどんくさいから。この前も撃たれたばかりだし」

言葉の砲撃が胸を貫く。

ううっ、人が気にしていることをあっさりと……！

「なあ、レオンハルト。悪いことは言わない。普通に戦って勝とう。降伏させるのはそれからでいいじゃないか」

ライナーさんがため息交じりにレオンハルト様を説得する。

「そうだな……うん、わかった。ひとまずそうしよう。戦いが長引きそうだったら、そのとき誰が上陸するか、くじ引きで決めることにする。提督全員の名前を書いたくじを用意しておこう」

うなずいたレオンハルト様が意地悪を言うので、広間が一瞬ざわついた。

しかし、レオンハルト様に死なれたら困るのはここにいる全員だし、とにかく早く戦闘に勝てばいい。交戦になる前に相手が降伏してくる可能性もゼロではない。

それ以上は誰もなにも言わなかった。提督たちは、自分が行かなくて済む方法を必死で探しているみたいだった。

二日後。私たちはそれぞれの希望的観測のもと、レオンハルト様の決定を呑むことになった。センナ島の人たちにお礼を言い、再び海に出る。

今回のレオンハルト様の仕事は一層大変だ。ヴェルナー艦隊だけじゃなく、七人の提督が率いる帝国艦隊全体を指揮しなければならない。

無理しないでください、と言ったところで意味はない。無理をするに決まっているのだから、私はその補佐役を務め上げるだけ。

それにしてもレオンハルト様は、本当に自分が交戦真っただ中の敵地に上陸するつもりなのかな。そういう事態にはならないと信じたい。

戦争はつらい。敵に味方が殺され、味方が敵を殺す。ただそれだけのことだ。敵に勝ったときに得られるのは刹那の安堵感だけで、幸福でも充実感でもないことを、身をもって知った。

私は軍人に向いていない。後方勤務に徹していたらきっと、ずっとわからなかった。

甲板の上で、相変わらず船首に立って海を眺めているレオンハルト様の横顔を見つめる。

無事に帰れたら、本当にこの人の花嫁になれるんだろうか。

「……どうした?」

不意にレオンハルト様がこちらを向くから、ドキリと心臓が小さく跳ねた。

「い、いえ」

「緊張しているのか」

「ええ、まあ。これで最後の戦いになればいいなと考えていて……」

もごもごと返事をすると、レオンハルト様は珍しく表情を曇らせた。

「二国間の戦争が終われば、戦いがなくなると思うか？」

「えっ？」

「エカベトを帝国領にしても、結局いつかは内乱が起きるだろう」

強い風が彼の黒髪を揺らす。不吉な予言めいた言葉も一緒に揺れた。

「領土が広がりすぎるのも、考えものってことだ。今の皇帝陛下にそれを統治し、導く能力があるか、俺には疑問だね」

帝国軍人としては反論すべきなんだろうけど、私はその言葉を持たなかった。胸の中に暗雲が広がる。

この戦いに勝っても、軍自体はなくならない。内乱が起きる可能性も、他勢力から攻撃を受ける可能性もある。私たちはいつまで争いを繰り広げるのか。時代はどれだけの犠牲者の血を飲み干せば気が済むのか。

考え込んでしまうと、レオンハルト様が私の肩を叩いた。

「悪い。そんな不安そうな顔をするな。この戦いには勝つ。それはアルバトゥスを出る前から決まっている」

「なぜ？」

聞き返すと、苦笑寸前のような顔をしていたレオンハルト様の表情が崩れた。目を細め、私を見つめる。

「勝たないと、愛《いと》しの花嫁が手に入らないからに決まっているだろ」

「あ……」

そういえば、それについてさっきまで考えていたのに。本当に鈍いな、私って。

「ついでに俺が指揮することで、なるべく犠牲が少なく、そして早く終戦させることができればいい」

ついでじゃないはず。それがレオンハルト様の一番強い思いだろうに。

ただ海が好きだったこの人が軍人になるしかなかったのは、戦争のせいだ。こんなに人同士の争いを憎み、階級にも勲章にも興味がないレオンハルト様が戦争で数々の輝かしい功績を上げ、元帥にまで昇りつめてしまったのは皮肉としか言いようがない。

「お、見えてきた」

レオンハルト様が望遠鏡をのぞいて言う。私の肉眼では、まだエカベトは水平線に浮かぶゴマ粒くらい。

「センナを出て二日か。予定通りだな。相手の射程距離ギリギリで停まること。全艦に伝えてくれ」

「衝突まで、あと二時間というところでしょうか」

「ああ」

短く言うと、レオンハルト様は望遠鏡を構え直す。きりりとした横顔で、じっとエカベトを見つめていた。

その軍服の胸の中には、どんな思いが渦巻いているのだろう……。

ぎゅっと彼の軍服の裾をつかむ。

「レオンハルト様」

「敵国の人や後世の人間がどれだけあなたを責めても、私は……私は、あなたの味方ですから」

何万人という敵軍の血を、海の底に飲み干させてきた彼のことを、大量殺人者と罵る人もいるだろう。

誰より彼自身が自分のことをそう思っている。だから彼は武勲を誇ったりしないし、救える命はとことん救おうとする。

不敗の軍神じゃない。漁船の船長になり損ねた不運なレオンハルト様。そんなあなたが、私は好きです。

「……そうか。そりゃ心強いな」

望遠鏡を下ろしたレオンハルト様は、一瞬だけ目を丸くしていたように見えた。けれど、すぐにそれを細めて微笑みを作ると、大きな手で私の頭を帽子の上からぽんぽんと叩いた。

——二時間後。

エカベトを目前にし、双眼鏡で他の提督艦隊の動きを確認する。

「作戦通り、どの艦隊も敵の射程距離ギリギリで停船します」

敵の軍港の正面には、ヴェルナー艦隊とメイヤー艦隊。他の提督の戦艦はそれぞれ左右に分かれ、大陸に沿うようにエカベトを半包囲する。

向こうからもこちらの姿が見えているはずだけど、軍港に停泊している旧式戦艦も、その向こうに鎮座している城塞も静寂を保っていた。

「連絡船、出航せよ」

レオンハルト様の指示で、旗艦の甲板から海の上に旗で指示を出す。すぐ近くにいる連絡船の兵士は、レオンハルト様からエカベト軍への書状を持っていた。それにはこう書かれている。

【あなたたちは包囲されている。即座に降伏すべし。返答までに一時間の猶予を与える。申し出を拒否した場合、また時刻までに返答されない場合は一斉攻撃を仕掛ける】

連絡船が無事に敵地にたどり着くのを見届ける。敵国も礼儀はわきまえているようで、丸腰の連絡船を攻撃するようなことはなかった。

私たちは連絡船が帰ってきたあと、祈るように敵地をじっと見つめていた。

そのあと、エカベトは沈黙を保っている。そろそろ一時間が経ってしまうのに、あちらの連絡船が姿を見せる様子はない。

「交渉決裂か。俺の出番だな」

ライナーさんが腕を捲《まく》る。ベルッ参謀長は難しい顔でため息をつき、アドルフさんは操舵輪を部下に任せ、今も連絡船がやってこないかと軍港を見つめている。

「ギリギリまで待ちましょう」

懐中時計を取り出し、時間を確認する。あと五分ある。

三分……、一分……。

結局なにも音沙汰がないまま、指定した一時間が経ってしまった。

「仕方ない。アドルフ、ボートは用意できたか」

「できていますが……本当に行くつもりですか？」

心配そうにレオンハルト様を見つめるアドルフさん。同じく私、ライナーさん、ベルツ参謀長。

皇帝陛下直筆の書面で自分の肩を叩きながら、レオンハルト様はあっさりうなずく。

「こうしていたって、なにも進展しないだろ」

「攻撃すりゃいい！　何発かぶち込んでやれば、降伏するって」

ライナーさんがイライラした表情で怒鳴るように言う。

「いや、あっちから攻撃してくるまでは手を出すな」

レオンハルト様は頑《かたく》なに、無益な戦闘を拒否する。

「ではせめて、武器をお持ちください。甲冑も着ていった方が……」

ベルツ参謀長が進言するも、レオンハルト様は首を横に振る。

「武器を持っていったって、取り上げられるのがオチさ。万が一海に落とされたときのために、甲冑も遠慮しておく」

レオンハルト様が甲板を歩く。船首から甲板の真ん中ほどまで来ると、船の右脇腹に用意されているボートに手をかけた。

「この先の指揮は、ベルツ参謀長に一任する。作戦通り、射程距離ギリギリを保て。少し近づき、敵が攻撃してきたら潮に乗って速やかに遠ざかる。それを繰り返すんだ」

そうやって敵に過分な攻撃を加えず、ひたすら消耗を強いる。戦力が底を尽きかけているエカベトに対してだけ有効な作戦だ。

「三時間経っても俺が戻らなかったら、そのときは、お前たちの好きなようにしろ。じゃあな」

レオンハルト様が、連絡船と違ってひとりで身軽に操れる、本来は脱出用の簡素なボートに乗り込む。その姿を、甲板にいる兵士たちが不安そうに見守っていた。

最高責任者が自ら、武器も持たずに敵地に行くなんて聞いたことがない。彼の無事を祈りながらも、それを信じている者は少ないのではないかと思える。

死ぬ可能性の高い作戦に自らの身を投じることに、なんの抵抗もないレオンハルト様は、兵士にボートを下ろすように命令した。彼の命令に逆らえる者は、この船にはいない。

ボートの両端を支えるロープを若い兵士たちが何人かで持ち、ゆっくりとボートを下ろす。私たち幹部はその様子を、船べりにくっついて見ていた。そのとき。

低い砲弾発射音がして、船首の目と鼻の先に巨大な水柱が立った。船が大きく揺れると、自然とレオンハルト様の乗っているボートも揺れた。

「攻撃してきやがった！　戻れ、レオンハルト。あいつらに降伏する気はない！」

船べりから乗り出してライナーさんが叫ぶ。ちゃんと聞こえているはずなのに、レオンハルト様はこちらを見上げて首を横に振った。

「早く下ろせ！　あとは作戦通りに！」

ボートの中には折り畳み式の簡易マスト。帆を張ることができ、風をうまく捕まえればオールで漕《こ》がずとも進むことができる。

問題なのは、砲弾を防御するものが一切ないこと。冷や汗がこめかみを流れ落ちる。その二秒ほどの間に、もうひとつ敵の砲弾が海に落ちた。

「レオンハルト様……」

彼の長身が遠ざかり、小さくなっていく。そのたびに鼓動が不吉なリズムを刻み、最後まで黙って見送ることはできそうになかった。

船べりをつかみ、足をかける。すると兵士たちからどよめきが起こった。

「ルカ、なにをしている⁉」

アドルフさんが駆け寄ってくる。

「ごめんなさい。私、行きます。レオンハルト様と一緒に」

「ちょっ……」

誰の返事も待たず、私は船べりを蹴って、レオンハルト様のボートへ向かって飛び下りた。

「ルカ⁉」

こちらを見上げていたアンバーの瞳と目が合った。と思った次の瞬間、私はレオンハルト様の腕の中に落下していた。

ちょうどお姫様抱っこのような形で、レオンハルト様が、がしりと私の体を支える。けれどボートが左右に揺れたため、バランスを崩した彼は、私を抱いたまま尻餅をついた。

「いてて……お前、なにやってるんだ！」

私はレオンハルト様のおかげで奇跡的に無傷だった。彼の上からどくと、こちらをのぞき込んでいる幹部や兵士たちに手を振る。

「アルバトゥス海軍の元帥閣下が、お供のひとりも連れていないんじゃ、格好つかないでしょう」

「は？　まさか一緒に行く気じゃないだろうな？」

その質問に、私は微笑みで返した。

「私はなんの特技もありませんから。この船にいなくても戦闘中は誰も困りません。なので、レオンハルト様の補佐をします」

話している間に、ボートが海面に接した。ロープを解き、折り畳まれたマストを設置して、帆を開く。

早く陸に着かなければ。こうしている間にも、敵の攻撃は激しくなってくる。

「あなたをひとりにはしない」

どうせ船で待っていても生きた心地はしないんだ。それならどんなに危険でも、一緒にいた方がいい。

「……バカなやつ」

帆を開くためのハンドルが固くて、なかなか早く動かせない私の手をつかんだレオンハルト様。

「仕方ないな。俺から離れるなよ」

そう言うと、レオンハルト様は一緒にハンドルを回してくれた。

開かれた帆の角度を変えながら、風を捕まえる。波に乗った私たちは、砲弾を呑み込み続ける海の上を渡り、一気にエカベトを目指した。

敵の軍港には、微々たるものとはいえ、一応艦隊が残っていた。横に並んだ二十隻ほどの旧式戦艦が、ヴェルナー艦隊に砲撃を加えている。

船は船同士しか見えていないのか、砲弾は私たちのボートに見向きもしなかった。幸運なことに、私たちは敵艦隊に見つからない軍港の隅っこからエカベトに上陸することに成功した。

先に上陸したレオンハルト様に手を貸してもらい、敵の軍港の端に足をかけた、そのとき。

ドン！と背後で爆音がした。振り返ると、今まで乗っていたボートがオレンジ色の炎に包まれ、黒煙を吹き出していた。

「やっぱり気づかれてはいたよな」

レオンハルト様は燃えるボートを平然とした顔で見ている。隣の私は、そうはいかない。海の上で沈没させられていたら、と思うと、全身に震えが走った。

一番近くに停まっている敵艦隊の甲板から、こちらを見下ろす人の姿が見える。当然、彼らはエカベトのカーキ色の軍服を着ていた。

彼らはアルバトゥスの紺色の軍服を着ている私たちの姿を認めると、船べりから一斉に発砲してくる。

「おっと、危ない危ない」

レオンハルト様は敵艦から離れるのではなく、むしろ懐に入るようにピタリと寄り添った。膨らみがある船体が邪魔で、銃弾はこちらに届かず、誰もいない地面に虚《むな》しく突き刺さる。

いや、これ、かなり危ない。つま先を掠める銃弾にひやりとした。

船から敵が降りてくる前に、なんとかしなきゃ。

「さて、城塞の入口は……けっこう遠いな」

軍港の奥にエカベトの城塞がある。普通、権力者のいる城は、他国から攻められにくいよう高い土地にあるもの。しかしこの国は、軍港から見える距離に城塞があった。

そびえ立つ城壁の奥に鎮座する、黒い石を積み上げられて作られた城塞は、それ自体が強力な軍事拠点となっていた。攻めてきた敵を市民がいる町まで通さず、城塞にある何百基という大砲で一網打尽にするという話を聞いたことがある。

大昔から今まで、何万という人の血を流させたこの地で、私たちが生き残る道はあるのか。

「さあ、レオンハルト様。今回はどんな魔術を使うんです？」

「ん？」

こちらを見たレオンハルト様は、とぼけたような顔をしている。

「ん？じゃなくて。ほら、どうせ秘密で作戦を考えてきたんでしょ。そろそろ教えてくださいよ」

肘でつつくと、レオンハルト様は切れ長の目を何度か瞬きさせた。そのあと、形のいい唇から滑り落ちたのは……。

「ない」

「え？」

「作戦なんて、ない」

「え……ええー!!」

作戦が……ないですって！

「だって俺、陸兵じゃないし」

肩をすくめてみせるレオンハルト様。

「そんな言い訳が通じますかー！　どうやって生きて帰るつもりなんですかー！」

両手でレオンハルト様の胸ぐらをつかんで揺さぶる。がくがくと揺さぶられたあと、彼はそっと私の手を放させた。

「怖ければ、ここで待っていろ。すぐ迎えに来るから」

「え、ちょ……っ」

レオンハルト様は微笑み、私の頭をぽんぽんすると、颯爽《さっそう》と軍服を翻して歩きだす。

その瞬間、新しい大砲の音が聞こえた。それは背後から聞こえてくる。ヴェルナー艦隊が砲撃を始めたんだ。

敵の消耗を誘うため、不自然だと思われないため、多少は攻撃してもいいことになっている。そのおかげで敵艦隊の目はレオンハルト様から離れたようで、甲板からの銃撃がやんだ。

なんという運の強い人。私も船の陰から飛び出て、レオンハルト様の後ろをついていく。もうどうにでもなれ。

彼は怯える様子を微塵も見せず、堂々と城塞の正門へ向かう。私もそれを見習おうとしつつ、どうしても腰が引けてしまう。どうにでもなれと思っても、やっぱり死ぬのは怖い。

後方勤務のぬるま湯に浸かってきた私と、常に戦場に立ってきた人とは覚悟が違うのか、責任感が違うのか。それとも彼が軍人の中でも特別なのか。

「ついてくるなら、胸を張れ。隙を見せたら殺されるぞ」

レオンハルト様が言うなり、城塞の方から鎖がじゃらじゃらと鳴る音が連続して聞こえた。

ドキリとして目を凝らすと、城塞の壁に設置された無数の砲台がその口を開けたのがわかる。左右にある見張り台を見上げれば、合計六人の敵兵士がこちらに向けて銃を構えていた。

背中を冷たいものが駆け抜け、肌が粟立《あわだ》つ。この高くそびえ立つ城壁の中に、いったいどれだけの陸軍兵士がいるのだろう。

ごくりと喉を鳴らす。指先が震えっぱなしの私とは対照的に、レオンハルト様は歩みを緩めることなく、一直線に正門を目指す。

「撃て！」

とうとう敵の号令が聞こえた。

城塞から、見張り台から、無数の火花が咲く。殺意がレオンハルト様の至近距離を疾走し、彼のすぐ足元に落ちる。そして、私の足元にも。

銃弾が彼の軍服を掠める。あちこちで地面が砲弾にえぐられ、地震のように足元を揺らし、砂埃《すなぼこり》を立てる。

常人ならば悲鳴をあげて逃げだす状況なのに、レオンハルト様は顔を下げることもなく、一定の速度で悠々と敵地を闊歩《かっぽ》する。その姿はさながら、本物の軍神のようだった。

なんという人……。

私も彼の真似《まね》をしようとした。けれど、どうしても砲弾が飛んでくるたび体が跳ねてしまう。なんとか悲鳴を噛み殺し、彼の背中だけを見て進もうと努めた。

「撃ち方、やめ！」

やっと正門の前にたどり着いたとき、固く閉ざされた城壁の中から号令が聞こえた。

レオンハルト様とその後ろをついてきた私は無傷であり、それこそ魔術を使ったとしか言いようのないほどの奇跡だった。丸腰で悠々と歩く軍神を攻撃するのは、敵も無意識に躊躇《ためら》ったのかもしれない。

ただ、涼しい顔のレオンハルト様と違い、私は息が乱れに乱れ、全身汗だくだった。シャツが体に張りついていても、それを不快だと思う余裕すらない。

ああ、怖かった……って、まだ油断できない。

「我が名はアルバトゥス海軍元帥、レオンハルト・ヴェルナー。我らが皇帝陛下の書状をお持ちした。エカベト国王陛下との面会を申し込む」

静かになった空に、レオンハルト様の大音声が響き渡る。すると目の前の正門がギイイと軋みながら、ほんの少しだけ開いた。

敵が流れ出てきて発砲するのでは、と身構えていた私は仰天した。

そこに立っていたのは、頭上に至尊の冠を戴《いただ》き、宝石が埋められた杖《つえ》を持った、エカベト国王本人だったから。

背後に軍人や大臣らしき人たちが何十人も控えている。武器を向けてくる様子はないけれど、敵意を持った目でこちらをじっとにらんでいる。彼らの武器は国王を守るためのもののようだ。私たちが不審な動きをすれば、即殺害する気だろう。

「ご苦労である、ヴェルナー元帥」

黄金の模様が刺繍された臙脂色《えんじいろ》のマントを揺らし、国王が一歩踏み出す。レオンハルト様は片膝をつき、頭を下げた。私も慌てて跪く。

レオンハルト様が両手で差し出した皇帝陛下の書状を受け取った国王は、その場で紐を解いた。

さっと目を通すと、そばに控えていた軍服を着た男にそれを渡す。書面の内容は彼の予想の範囲内だったのだろう。

「ところで、ヴェルナー元帥。敵ながら、そなたの戦いぶり、誠に見事であった」

書状についてのコメントはせず、いきなりレオンハルト様を褒めだす国王。もう老人と言っていい年齢であろう彼の髪は、ほとんど白くなっており、口には立派な髭が蓄えられていた。

「そなたのような者が、我が軍におれば……」

悔しそうというよりは残念そうに、国王はシワだらけの顔を歪めた。

「私は運がよかっただけでございます、陛下」

「それだけではあるまい。どうだ、ヴェルナー元帥。余の麾下《きか》に入らぬか」

レオンハルト様の眉がぴくりと動いた。エカベト国王の目は、可愛い孫を見るようにレオンハルト様を見つめている。

「ありがたきお言葉ですが……私は、この戦いを最後に退役したいと思っております。私は戦いに倦《う》んでしまったのです。陛下のお役には立てそうにありません」

再度頭を下げたレオンハルト様を、国王は意外そうに見つめる。

「なんと。そなたほどの人材が退役と。早すぎるではないか。退役して、なにをするつもりだ？」

素朴な疑問に、レオンハルト様は苦笑して答えた。

「私にもわかりません。花嫁を迎え、学問でもしながらのんびりと余生を送るつもりです」

「そなたなら一国の王とも皇帝ともなれようものを。もったいない」

ふう、とため息をつき、国王はまぶたを閉じた。

「時代は変わったのだな……」

ひとりごとのようにそう零すと、彼はシワだらけのまぶたをゆっくりと開いた。

「降伏しよう、ヴェルナー元帥。そなたの勇気を称して」

凪いだ海の上に吹く風のような声で、国王は呟いた。

レオンハルト様が顔を上げ、深くうなずいた。

こうして、約百年に渡って続いたアルバトゥスとエカベトの戦争に、終止符が打たれたのであった。


エカベトの軍艦で、国王と共にヴェルナー艦隊の旗艦まで送ってもらった私たちは、割れんばかりの大きな拍手で迎えられた。

「元帥閣下万歳！　皇帝陛下万歳！」

兵士たちの帽子が甲板の上空を舞った。

これで、戦いが終わったんだ。敵国の人命に損害を与えることなく、たった数時間で無血開城を成功させたレオンハルト様に、各艦からも称賛と祝いの信号が次々に届いた。

「ご無事でなによりです、元帥閣下」

「ただいま。留守番ご苦労。やっと終わったな」

ベルツ参謀長が、ホッとした顔で私たちを出迎えた。レオンハルト様は、差し出された手をがしりと握って微笑む。

「よく生きて帰れたね、ルカ。本当によかった」

アドルフさんがにこにこと笑いながら、私の頭を優しくなでる。

「なんだよ。俺が活躍する場所がなかったじゃないか」

ライナーさんがレオンハルト様の腕を叩く。セリフに反して、表情は晴れ晴れとしていた。

「お前の活躍はこれからだ」

叩き返して、レオンハルト様が笑った。

「アルバトゥスへ帰るぞ！」

彼が号令を出すと、誰もが嬉々《きき》とした表情で「おう！」と答えた。

「終わった……」

船がエカベトを離れていく。方向を転換した船首の先では、海が日を呑み込もうとしていた。

オレンジに染まる海を眺める私の後ろ……甲板の上ではお酒や食べ物が運ばれ、盛大な祝勝会の準備が進んでいる。

「副官殿、帰るまでの食料の計算は大丈夫か?」

他艦隊との連絡のために席を外していたレオンハルト様が、戻ってきて私に声をかける。

「はい、今日だけはいいでしょう」

みんな、今までつらい戦いに耐えてきたんだもの。今日くらいは勝利に酔ったってバチは当たらない……はず。

「そうか」

微笑んでいたレオンハルト様が、急に真面目な顔で私を見つめる。

「ルカ。誰も来ないうちに言っておく」

「はい?」

レオンハルト様の顔までオレンジ色に染まっていた。いつもより温かみのある輝きを持ったアンバーの瞳が、私を見つめる。

不覚にも胸がときめいてしまう。必死に保ってきた男の表情が、女のものに戻ってしまうのを感じた。

「戦いが終わった。俺たちの勝利だ」

「はい」

このあとに続く言葉の予想はついている。エカベトに上陸したときよりも、大きく胸が高鳴った。

覚悟を決める私に、レオンハルト様が囁く。

「俺と結婚してくれ、ルカ」

予想できていたことなのに、即答できなかった。

返事が決まっていないわけじゃない。涙が込み上げてきて、喉まで圧迫してしまったから。

「……はい。はい、レオンハルト様……」

退役して漁師になろうとも、学者になろうとも、無職でも、私はあなたについていきます。だから、多少女性として至らない点があっても怒らないでくださいね。

誰にも聞かれてはいけないプロポーズを受諾し、うなずくと涙が零れた。

その涙を、レオンハルト様が指で拭う。私たちは誰も見ていないことを確認し、そっと手を繋いだ。

地平線に日が沈んでいく。

ラベンダー色に染まっていく空に、無数の星たちが輝き始める。

いつも当たり前のように繰り返される事象が、今日だけは私たちを祝福しているように思えた。

ひと筋縄ではいかない状況

エカベトを出航して二週間後、やっとアルバトゥスに帰還した。途中、モンテルカストに寄って補給を整え、休息を取ったので、予定より少し遅くなった。

軍港には大勢の市民や軍人が集まっていて、花びらや紙吹雪《かみふぶき》が投げられる。歓迎ムード一色だ。

「ヴェルナー元帥万歳！　帝国艦隊万歳！」

「皇帝陛下万歳！」

船が完全に停まる前から、歓喜の声や歌声が私たちを包む。

「よかったな、ライナー。今夜はモテること間違いなしだ」

祖国の英雄のはずのレオンハルト様は、まるで士官学生のような軽い口調でライナーさんに言いながら、船を降りる。市民が聞いたら、さぞかしがっかりすることだろう。

「俺はいつでもモテてるよ。お前が知らないだけでな」

ライナーさんはそう言い返す。船を降りた兵士たちに、家族や友人、恋人が駆け寄ってそれぞれ帰還を喜んでいる。

ベルツ参謀長の近くに、綺麗で若い……たぶん私と同い年くらいの黒髪の女性が駆けつけた。

「あなた！」

「おお、妻よ」

若妻はフリル満載のドレスを翻し、ジャンプしてベルツ参謀長に抱きついた。

こ、この人がベルツ参謀長の奥様……ちょっとイメージと違ったな……。

アドルフさんとライナーさんは独身なので、迎えに来る人はいないみたい。連れ立って飲みに行くわけでもなく、それぞれ両親のいる実家に一度帰ると言って、解散した。

レオンハルト様は「元帥閣下万歳！」と叫ぶ人たちに囲まれつつある。この戦争の英雄なんだもの、無理もない。私がいつまでもくっついていたら邪魔になるだろう。

さて、どうしようか。明日からは事務処理に追われる予定だけれど、今日は予定がない。

家に帰るためには馬車を拾わなければならない。とにかくこの、人でごった返す軍港から離れるしかないか。

仕方ない。本当はレオンハルト様と今後のことをもっと話し合いたかったけど、今日は挨拶だけして去ろう。

彼の方を振り返ろうとして、ハッとした。人ごみの中から、亜麻色の髪をなびかせ、ドレスを着た女性がこちらに駆け寄ってくる。

「ルカ！」

「姉上」

「無事だったのね。よかった」

駆け寄ってきたのは、私にそっくりの姉上だった。姉上は私の顔を両手で包み、ヘイゼルの瞳に涙を浮かべる。

「今帰りました。姉上はお変わりありませんか」

「私はこの通り元気よ。ねえ、ルカ、誰にもバレなかった？　ひどいことはされなかった？」

ぎゅうぎゅうと私を抱きしめる姉上。家族の中で一番私のことを心配してくれた彼女のことを裏切っているみたいで、胸が痛む。

女性だということがバレてしまったばかりか、結婚前だというのにレオンハルト様にもう何度も……なんてことは口が裂けても言えない。

曖昧な笑みを返して黙っていると、あとから父上が現れた。きちんと陸軍の軍服を着て、お供も連れている。

父上は群衆の間を縫って、私より先にレオンハルト様のもとへ。

「クローゼ元帥閣下」

「ヴェルナー元帥、おめでとう。このたびの功績、皇帝陛下もお喜びだ」

ふたりの元帥は笑顔で固く握手を交わした。

「そうだ、約束していた花嫁を今日連れてきたのだ」

父上が姉上に向かって手招きする。私と姉上は、父上とレオンハルト様のふたりに歩み寄った。

「ごきげんよう、ヴェルナー元帥閣下」

姉上が、私には不可能なほど優雅にお辞儀をする。その姿は朝露を含んだ花弁のようだった。周りの群衆も思わず見とれるほど、姉上は美しい。顔の造形だけでなく、鈴の鳴るような声も、柔和な物腰も、人々の視線を集めてしまう。

自分の胸の中に暗い渦が発生するのを感じた。

自慢の姉上だけに、レオンハルト様には会わせたくなかった。実際に顔を合わせたら、やっぱり姉上の魅力の方が上だということに気づかれてしまうのではないか。

黙ってふたりを見ていると、レオンハルト様が笑顔を作って手を差し出した。

「はじめまして、エルザ嬢」

その挨拶は、父上の顔をきょとんとさせた。

「はじめまして、って……いや、ヴェルナー、自分で言ったではないか。以前一度会ったことのあるエルザを花嫁にしたいと……」

そう言いながら、父上の顔色が変わっていく。その顔には健康的でない汗がにじんでいた。同じものが私の手のひらに溜《た》まっていく。

「まさかルカ、お前……」

そのまさかだ。父上は私が一年前、女装してレオンハルト様と出会っていたことが……つまり私が女だということがバレたと悟ったのだろう。

「元帥閣下、大事なお話があります。明日の夜、さっそくお時間をいただきたい」

今日はこれから、エカベト攻略作戦に参加した七人の提督たちは皇帝陛下との面会がある。話をするなら明日の方がいい。

「……私を強請《ゆす》る気か？」

父上の顔が強張《こわば》る。それとは対照的に穏やかな顔をしているレオンハルト様は、首を横に振った。

「お父様、ここで立ち話もなんですし、ヴェルナー元帥閣下はお忙しいでしょう。明日の夕食にお招きしたらいかがかしら」

姉上が優雅に微笑む。父上は周りに無数の他人の目があることを思い出したように、ゆっくりとうなずいた。

「では、明日の夜うかがいます」

「……ああ」

「失礼いたします」

レオンハルト様は戦争の報告をしに、他の提督たちと、皇帝陛下の待つ宮殿へ赴かねばならない。

ちなみにエカベトには、ファネール提督とその艦隊が残っている。エカベト国王はモンテルカストからメイヤー提督の船に乗せられて別の港に着き、目立たないように宮殿に護送されているはずだった。

エカベト国王は立派な人物だった。メイヤー提督の船に乗るときも堂々としていて、狼狽《ろうばい》したような表情はひとつも見せなかった。

それはともかく、明日の夕食会はいったいどうなるのか。

「あの……」

不安そうな顔をしてしまったのか、レオンハルト様は優しく微笑み、私の頭に手を置く。

「また明日。今夜はゆっくり休めよ」

皇帝陛下に面会できるのは提督たちだけらしく、同行は許されない。私は姉上と父上に挟まれて、レオンハルト様の広い背中を見送る。

「ヴェルナー元帥！　ヴェルナー元帥！」

レオンハルト様が歩くたび、その両脇に人だかりができた。途端に彼が遠い存在に感じられ、寂寥感《せきりょうかん》が募った。

家に帰ると途端に力が抜けて、姉上と父上と話す間もなく、ベッドに潜り込んで爆睡してしまった。

朝起きて時計を見ると、もう八時。膨大な事務処理が残っているのに！

慌てて軍服を着て玄関に向かう。

「ルカ、今日は夜七時にヴェルナー元帥閣下をご招待していますからね。早く帰ってきなさいよ」

扉を開ける直前で、廊下を歩いてきた姉上がそう念を押してきた。私はそれに「了解」と短く返事をし、家を出て馬車に乗った。

仕事中はレオンハルト様に会うことはなかった。元帥は事務処理とは別の仕事があるらしい。

というわけで結局、夕方に事務所を出るまでレオンハルト様とは接触することがなかった。

「どうしよう……」

部屋に帰って時計を見ると、もう六時。あと一時間でレオンハルト様がこの家にやってくる。

料理は姉上が仕切ってくれると聞いた。じゃあ私はどうすればいいのか。

まず、なにを着ていればいいんだろう。自分の家なのに軍服は変だし、かといっていきなりドレスで登場したのでは、父上に張り倒されかねない。使用人に見られてもまずい。

うっかりため息が出る。

恋人を家に招くのはもちろん初めてのことで、戸惑いしかない。どうしたらいいの。

結局、私は男性用の私服……シャツにベスト、ズボンにブーツを履き、長い髪はひとつに束ねたままという、色気もなにもない格好で部屋から出た。

「姉上、なにか手伝うことがあれば……」

いつもお客様を招く広間に行くと、姉上と何人かのメイドがこちらを見た。

「ルカ様！」

「ルカ様、おかえりなさいませ！」

「あ、ああ。みんな元気だった？」

昨日会うことができなかったメイドたちは、私の方へ駆け寄ってくる。姉上に言わせると、年下のメイドたちは私を憧れのまなざしで見ているそうだ。それは私のことを男だと思っているからだろう。

「みんな、ここはもう私とばあやだけで大丈夫よ。台所へ下がりなさい」

姉上にそう言われると、メイドたちは「また戦争のお話を聞かせてくださいね」と口々に言いながら広間から出ていった。

広間の大きなテーブルの上にはすでに食器がセッティングされており、姉上が育てた庭のバラが中央に鎮座している。

「ねえ、ルカ。なんなの、その格好。どうして私が用意しておいたドレスを着ないの？」

「え？　用意？」

私を責めているような表情の姉上が言っていることがわからず、首を傾げる。

「お父様ね。私、あなたの部屋にドレスを置いておいたの。それを見たお父様が隠したんだわ、きっと」

腰に手を当て、断定するような調子で憤慨する姉上。

「というか、どちらも私の部屋に勝手に入るのはやめてほしいな」

「すみません、ルカ様。エルザ様もご主人様も、私が止める言葉なんぞ聞いてもくれず……」

ばあやが申し訳なさそうに頭を下げる。

「ばあやは悪くないよ。気にしなくていい」

もっと怒っていいはずなのに、ばあやのせいでタイミングを逃しちゃった。

「ところでルカ、あなた、元帥閣下となにかあったんでしょう」

ずい、と姉上が詰め寄ってくる。ヘイゼルの瞳に好奇心がみなぎっていた。

「なにかって？」

視線を逸らし、とぼける。内心では焦っていて、背中を冷や汗が伝った。

「まあ。私に隠し事をするつもりね。いいわよ、今夜全て明らかになるんでしょ。楽しみにしているわ」

姉上はなぜか鼻歌を歌いながら、飾りつけられている花の角度を直す。その間に広間の扉が開いた。

「……そろっているか」

現れたのは父上と、いつもは影の薄い母上だった。母上は私と姉上とおそろいの亜麻色の髪を美しく結い上げている。

ふたりの姿を見た途端、緊張の度合いがぐんと上がった。その瞬間、からくり時計が騒がしく七時を告げる。私にはそれが地獄の門の警鐘に聞こえた。

「レオンハルト・ヴェルナー元帥閣下がお着きになりました」

若いメイドが広間の扉を開けて知らせる。やがて白髪の執事が客人を連れて現れた。その姿をひと目見ただけで、胸がときめく。レオンハルト様は正装の代わりに軍服を着ていた。その手には見事な花束が三束も。

「クローゼ元帥閣下、皆様、お招きありがとうございます」

レオンハルト様はそう言うと、母上と姉上にピンク色のガーベラの花束を渡し、ハグをした。ふたりとも驚き、次の瞬間にはとても嬉しそうに目を細めた。父上の知り合いが頻繁に訪れる我が家だけど、その人たちが持ってくるお土産《みやげ》は父上用のお酒やたばこなどがほとんどで、女性に気を使ってくれる人がいなかったからだろう。

「これはあなたに」

家族の前なのか、レオンハルト様は格好つけて私を『あなた』なんて言う。いつもは『お前』だったのに。

なんだかくすぐったくて、笑いそうになってしまう。白いユリの花束を受け取り、レオンハルト様が私にもハグをするように手を伸ばした瞬間。

「さあ、席に着こう」

父上が声を張り上げ、手を鳴らしたので、花束は静かに現れたメイドに連れ去られ、給仕係がレオンハルト様を姉上の隣へ、私を母上の隣へ誘う。

結果、姉上とレオンハルト様が並び、向かいに父上と母上と私が並ぶという、不思議な席次になってしまった。

慌ただしく食前酒が運ばれ、各々のグラスにレオンハルト様の瞳と同じ色の液体が満ちると、父上が立ち上がった。

「では……ヴェルナー艦隊及び、帝国軍の勝利を祝して。乾杯！」

音頭につられ、全員グラスを掲げる。それを見計らっていたのであろう給仕係たちが一斉に料理を運んでくる。

使用人がいる間は、レオンハルト様も礼儀正しい客人として振る舞うしかないよね。

父上はひたすら、自分から戦争の話をレオンハルト様に求めた。彼は鷹揚に父上の質問に答え、母上や姉上が退屈しないよう、冗談を交えて戦争体験を話す。

私はちらりと、姉上とレオンハルト様を見る。姉上はレオンハルト様に興味津々《しんしん》といった表情で、うなずきながら話を聞いていた。

ヘイゼルの瞳が今まで見たことのない色を反射して輝くのを、私は焦りにも似た気持ちで見つめていた。

もし姉上がレオンハルト様を気に入ってしまったら。レオンハルト様も、私よりよっぽど女らしくて優雅な姉上を気に入ったら。

そこまで想像したら身震いがする。それ以上を想像するのは不快以外の何物でもなかった。

レオンハルト様に他の女性を近づけたくない。自分の中にそんなドロドロした感情があることに、生まれて初めて気がついた。これが、嫉妬というものか……。

料理が終わり、デザートが運ばれてきたところでようやく戦争の話が途切れた。その瞬間を逃さず、姉上が口を開く。

「そういえば、ヴェルナー元帥閣下、なにかお父様にお話があるのでは？」

鈴の鳴るような美しい声に反応したのは、レオンハルト様ではなく、父上だった。ごほんごほんとわざとらしく咳き込む。

「ええ。クローゼ元帥閣下、出航前にしたエルザ嬢との婚約のお話ですが……」

このままでは、らちが明かないと思ったのか、レオンハルト様が切り出す。私は緊張で胃が痛くなってくるのを感じていた。

「ああ、そうだな。無事に帰ってきたのだから、どうぞいつでも娘をもらってくれ。もちろん、エルザをな。うん」

「いえ、元帥閣下」

「そうか、今夜は日取りを決めに来たのだな。よしよし、いつでもいいぞ。忘れるといけないいな。誰か、ペンと紙を――」

「閣下！」

不自然なほどに機嫌のいい表情を作って話していた父上を、レオンハルト様の声が強制的に遮った。場が静まり返り、異様な雰囲気に。

「私が結婚したいのは、一年前に軍の式典で出会った乙女です。すなわち、エルザ嬢ではありません。そちらにいる、ルカ嬢です」

誰にも理解できる音量で、レオンハルト様ははっきりと言った。そこにいた使用人は、ばあやひとりきり。彼女は目を丸くし、慌てて扉を開けて、人払いをするように外に向かって怒鳴りつけた。

「なにを言う。ルカは私の息子だ」

「いいえ、彼女はあなたの娘さんだ。私は彼女の裸をこの目で見ました」

その発言に全員が息を呑み、私を見つめた。

「あ、あの、戦闘中に怪我をして、手当てをするときに……」

慌てて状況説明をするけれど、遅かった。父上は顔を真っ赤にして立ち上がり、平手でテーブルを叩いた。置かれていたカップたちが数ミリ宙に浮く。

「バカ者‼」

どうして正体がバレるような過失を犯したんだ、と視線で責めてくる父上。身を縮める母上と姉上を刺激しないよう、レオンハルト様は落ち着いた声音で言う。

「彼女を叱らないでください。彼女は、身を挺《てい》して私の命を敵の銃弾から救ってくれたのです。そのために、女性の体に傷を負わせてしまった。知らなかったとはいえ、本当に申し訳ないことをしました」

レオンハルト様は立ち上がり、父上より高い長身を折り曲げ、はっきりと言った。

「お願いします、元帥閣下。私に責任を取らせてください」

「責任だと……」

「どうか、ルカ嬢を私にください。彼女を花嫁として迎え入れたいのです」

レオンハルト様が言い終わると、姉上が頬を紅潮させて興奮し、輝いた瞳で私と彼を交互に見つめた。けれど父上は言葉を失い、唸るばかり。

「私からもお願いします」

胸が熱くて、いても立ってもいられない。こんなにまっすぐな人の前で、黙って座っているだけなんて無理だ。

私は立ち上がり、レオンハルト様の横に歩いていく。彼の隣に並び、まるで仇を見るような目つきの父親に向かって頭を下げた。

「私は彼を愛しています。どうか、彼のもとに嫁がせてください」

後ろで結んだ亜麻色の髪が、肩を滑り落ちる。

ふたりで並んで深く頭を下げること数秒、父上の言葉が沈黙を破った。

「いかん」

顔を上げる。隣で衣擦れの音がしてそちらを見ると、レオンハルト様も顔を上げていた。戦場でも見せなかった険しい横顔が、私の胸を締め上げる。

「ヴェルナー元帥、ルカは私のたったひとりの息子だ。ここまで苦労して軍人として育ててきた」

「苦労したのはあなたではありません、閣下。ルカ嬢自身です」

「黙れ。とにかくルカはやらん。同じ顔なのだ、エルザでいいではないか。なんの不満がある」

――バン！

全員が驚く。その父上の言葉にテーブルを叩いたのはレオンハルト様ではなく、姉上だった。

「私は不満だわ。妹を愛している人に嫁ぐなんて、嫌。ルカも彼を愛しているんでしょ。ふたりを結婚させてあげるべきよ」

彼女の怒りはもっともだ。姉上も私も、父上の所有物じゃない。こっちはあげたくないからそっちをやる、だと？　不愉快極まりない。

「お前は黙っていろ、エルザ」

「いいえ、お父様。この際だから言わせてもらいます。そろそろルカを解放してあげるべきよ。最初から、女の子を男の子として育てること自体、無理だったのよ」

苦々しい顔をする父上に食い下がる姉上。その顔は、男でいるときの自分に似ているような気がした。

「黙れ」

「私、嬉しいの。ルカが女性として男性を愛する日が来たなんて、どんなに素晴らしいことでしょう。私、ふたりの愛を全力で応援するわ」

「黙れ！」

恫喝《どうかつ》され、姉上は肩を震わせて口をつぐんだ。母上はなにも言わず、ハラハラした表情でみんなを見回している。

「……ルカは一度、皇帝陛下の兵になってしまったのだ。今さら女性だということがバレてみろ。そして、ヴェルナー元帥の花嫁になるだと？　彼に反発している勢力の槍玉《やりだま》に上げられるに違いない」

苦渋の表情で、言葉を絞り出す父上。

「彼女が男装をしていたことが、皇帝陛下を謀っていたことになると……そういうことですか」

皇帝陛下を謀る。レオンハルト様の言葉の重さが胸にのしかかった。

「それだけじゃない。お前さんはあまりに勇敢で、あまりに高い武勲を誇り、皇帝陛下の信頼も厚い。陛下の周りを固める貴族たちからにらまれているのがわからんわけではないだろう。彼らが、お前さんの妻の素性が元軍人だと知って、黙っていると思

ていきたいなんて。甘く考えすぎていたのか。男として生きてきた私が、今さら普通の女性として生き

力なく首を横に振る父上。

「それでも、ルカが軍人として務めていた事実は消せない」

「……ならば退役し、一般人になります。もともとそうするつもりでしたから」

うか？」

「陸軍に戻り、後方勤務を続ける。それこそ、ルカが安全に暮らしていく唯一の道だ」

父上の言葉に、うつむくしかなかった。

私が皇帝陛下を謀っていた罪に問われれば、当然父上も同じ罪に問われる。クローゼ家はおしまいだ。そして、もしそれが結婚してから発覚したら、レオンハルト様にも迷惑がかかる。

「……もう少し考える必要がありそうですね」

レオンハルト様がため息と同時にそう言うと、父上も息を吐いた。

「今日はお暇《いとま》します。お騒がせして、申し訳ありませんでした」

レオンハルト様は一礼すると、父上の横をすり抜け、扉を開けて出ていってしまう。

私はそのあとを追い、駆けだした。

「レオンハルト様」

「使用人に聞かれるぞ」

「構いません！」

玄関に続く廊下には誰もいなかった。私はレオンハルト様の手を握り、その足を止めた。

せっかく無事に帰ってきたのに。愛する人が私を欲しいと言ってくれて、それが実現するまであと一歩だった。それなのに……。

溢れてくる涙を抑えられない。男の格好のまま、私は泣いた。

「今すぐ、ここから連れ去ってください。これきりあなたと離れるなんて、できない……」

出会ったときから、ずっと好きだった。

一緒にいるようになって、もっと好きになった。

過去と決別することができるなら、私はこの名前を捨ててもいい。クローゼ家と縁を切ったって構わない。それでも、あなたがそばにいてくれるなら……。

「お前、いつからそんな可愛いことを言えるようになったんだ？」

レオンハルト様の声が聞こえる。大きな手が頭の上に置かれた。

「安心しろ。絶対に迎えに来る。その作戦を考えてくる」

「作戦……」

といっても、今私たちの前に立ちはだかるのは敵の軍艦じゃない。レオンハルト様お得意の戦略や戦術ではどうにもならない。

「不安そうな顔をするなって。お前の恋人を信じなさい」

困ったように微笑み、自らの指で私の涙を拭うレオンハルト様。その手の温かさを感じたら、少しずつ落ち着いてきた。

「はい……」

なんとかうなずくと、ご褒美《ほうび》なのか、ごく軽いキスが与えられた。

こんなのじゃ足りない。もっと強く抱きしめて、脳の芯まで溶けてしまいそうな熱いキスが欲しい。だけど、いつ誰が来るかわからない廊下ではこれが精いっぱい。

私たちは名残《なごり》を惜しみながら、ひとまず別れることにした。

繋いだ手を完全に放すまで、莫大《ばくだい》な精神的努力が必要だった。


――一週間後。

父上に強制的に休職させられた上、急に陸軍に戻れという辞令を受け取った私は、憤慨しながら、もとの部署で後方勤務に当たっていた。

辞令は軍の人事部から出されたもの。しかし父上の発言の影響力が働いていることは明白。どうやっても私をレオンハルト様から引き離し、男性として孤独な人生を歩ませる気らしい父上は、通勤中も家にいる間も私に護衛をつけた。護衛という名の監視役だ。こうなれば、あたふたするだけ労力の無駄なので、私は父上に従順なフリをしていた。

時期が来れば、レオンハルト様が迎えに来てくれる。それまで諦めたりしないんだから。

経理の仕事を終えてひと息ついたところで、執務室の扉が叩かれた。

「クローゼ中佐、客人です」

先の戦争での副官としての働きを評価され、中佐に昇進した私を、若い下士官が呼びに来た。

ちょうど終業時間だ。同じ執務室で机を並べて働く人たちに挨拶し、扉の外へ出る。

さて、客人とはいったい誰だろう。下士官が案内してくれた応接室に行くと、そこにいたのは……。

「クリストフ。どうしたの」

船を降りたときから音信不通……というか存在すら忘れかけていたクリストフが、ソファに座っていた。

「少佐、いえ、今は中佐でしたか。お久しぶりです」

実際は久しぶりというほど離れてもいなかったのだけど、気分的には本当に〝お久しぶり〟だった。ヴェルナー艦隊のみんなと航海していた日々が、ものすごく遠い昔のことに思える。

「今日はこれを、ある方からお預かりしまして」

盗聴の可能性を考えたのか、クリストフは言葉を曖昧にして、すっと懐から白い封筒を取り出す。

「手紙？」

ワイン色の封蝋《ふうろう》にはアルファベットの【V】。それは傷ついておらず、手紙が未開封のものだとわかる。

このアルファベットが名前の頭文字だとしたら、思い当たる人物はただひとり。レオンハルト・ヴェルナー様だ。

クリストフの灰色の目がうなずく。私は、はやる心を抑え、下士官にペーパーナイフを持ってこさせて手紙を開封した。

【ルカへ】

なんの飾り気もない言葉でその手紙は始まる。

【すぐに迎えに行けなくてすまない。実は他の問題も浮上し、そちらの解決も急がなければならなくなった】

他の問題？

ざわつく胸を押さえつつ、続きに目を走らせる。

【エカベト国王が、宮殿の地下牢に幽閉されているという話を聞いた。これは許されることではない。たとえ捕虜であろうとも、国王だった人間はもっと厚く遇されなければならない】

それは、エカベト国民の反感を買わないためにも必要なこと。そのくらい私にだってわかるのに、皇帝陛下の周りにいる貴族たちは、傲慢にもエカベト国王を牢に閉じ込め、ひどい生活をさせているようだ。

レオンハルト様は国王の救出を計画しているのだろう。本来なら彼の仕事ではなくても、こんな卑怯な仕打ちに黙っていられる人でもない。

【俺は国王を解放するために、各所に働きかけるつもりだ】

せっかく統一しようとしている二国を、より平和なものにするためにも、彼はもう少し戦わなければならないらしい。兵士や軍艦ではなく、利権を貪る貴族たちと。

【とはいえ、これ以上お前に会わずにいることに耐えられそうにない。明日の夜、誰にも秘密で会えないか】

今までの深刻だった内容から一転、その一行で私の心は羽根が生えたように軽くなった。

レオンハルト様に会える。

手紙には場所や時間が指定されていた。明日も時間通りに仕事を終え、護衛をごまかせばなんとかなりそう。

「目が輝いていますよ」

クリストフが微笑んで私をからかう。しかし手紙を読み進めると、冷静にならざるを得なくなった。

【お前もしばらくは周囲を敵だと思った方がいい。俺は言わずもがな、貴族どもに敵視されている。副官だったお前のアラを探そうとする者もいるだろう。誰も信じるな。お前の秘密は、俺以外に話してはいけない。この手紙の内容もだ。親切な使者にも漏らしてはいけない】

親切な使者？

手紙を読み終えて顔を上げると、灰色の目と髪をしたクリストフが、不思議そうにこちらを見つめていた。

クリストフは私が女だということを知っている。私とレオンハルト様の仲も。

この手紙の内容を漏らしたところで支障はないように思える。それでも私はレオンハルト様の文章に一応従い、その手紙をすぐ懐にしまった。

「なにが書いてあったんです？」

「うん……いろいろとね」

悪意のなさそうな顔で聞いてくるクリストフ。レオンハルト様との結婚を父上に反対されたことを話せば、相談に乗ってくれそう。だけど、今日はやめておこう。

「ヴェルナー艦隊のみんなが不審がっていますよ。あなたが突然いなくなったから、元帥閣下と仲違いしたんじゃないかとか、いろんな憶測を呼んでいます」

心配そうな顔をしたクリストフが、私の顔をのぞき込む。

「みんなに言っておいて。父上に無理やり後方勤務に戻されたんだ、と。うちの父上は過保護すぎるからね。決してレオンハルト様を憎んで離れたわけじゃない」

「そのようですね。手紙を受け取った瞬間から、まるで恋する乙女のような目をしていますから」

からかう彼の言葉に、苦笑で返す。

ヴェルナー艦隊のみんなにはお世話になったのに、挨拶する間もなくお別れになってしまった。

幹部のみんなに全部ぶっちゃけて、相談に乗ってもらいたい気分になるけど、それもレオンハルト様の手紙の文章が制止する。

ああ、みんなに会いたいなあ。一緒にいるときは騒がしくてしょうがなかったのに、今となってはそれも懐かしい。

「では、私は任務を全うしたのでお暇します」

「ありがとう、クリストフ」

「いいえ」

お礼を言うと、クリストフは微笑んで立ち上がった。華奢な体が扉の方へ向かう。

私もゆっくりと立ち上がり、その背中に声をかけた。

「ねえ、クリストフ。学校に復帰はしないの？」

もともと、彼は医者志望だったはず。彼こそ退役して、医学の勉強をし直せばいいのに。

「……勉強はいつでもできますから。私は今やるべきことをやるだけです」

振り返った彼は微笑してそう答えると、ぺこりと会釈をして踵を返した。

長い廊下を遠ざかっていく、軍服を着た彼の背中。大きめの軍服は彼の細い体に合っていなくて、微妙な違和感を生んでいた。

ふう、とため息をつき、誰もいない応接室に戻る。

レオンハルト様、大丈夫なのかな……。

懐に入れた手紙を取り出し、赤い封蝋を見つめる。それは血液の色に似ていた。

この前、父上が言っていたように、レオンハルト様の功績を妬んでいる貴族たちに敵視されているとは。エカベト国王の解放は、彼ひとりでうまくいくのかな。

やっぱり、どんなときでもそばにいたい。彼を補佐するのが私の仕事だもの。

レオンハルト様の手紙を、両手でぎゅっと胸に押しつけた。

無力な私は、彼が無事でいるように願うことしかできなかった。

型破りな新皇帝

次の日は、朝からそわそわしていた。むろんレオンハルト様との密会のことばかり考えていたせいだ。

緊急事態が起きませんように、と祈りながら、今日も経理の仕事にいそしむ。

「……今日はなんだか、上がざわざわしてないか？」

いつも机を並べて作業をしている同期の軍人・ヴィンフリートに小声で話しかける。

陸軍元帥、つまり父上の秘書的な立場といえども、後方勤務に当たっていると、本当に重要な情報はなかなか入ってこない。

昼食をとるため食堂に移動する廊下で、後方勤務部長官、及びその副官とすれ違った。そのときの彼らの表情は緊張感に満ちていた。

「また戦争を起こすっていう話じゃなきゃいいな」

うんざりした表情で、ヴィンフリートはパンをかじった。彼は私が航海に出ている間、私の分の仕事を押しつけられて大変だったらしい。

「そうなったら市民が黙ってないだろ」

労働力を削られたり、税金を増やされたり、痛みを被るのは市民たちだもの。

「いや、ヴェルナー元帥が指揮を執るなら、市民は喜んで戦争に加担するだろう」

「どういうことだ？」

尋ねると、ヴィンフリートは一層声を小さくして答える。

「市民は、エカベトを無血攻略したヴェルナー元帥を神聖視しているらしい。今や皇帝陛下より崇《あが》められているって噂だ。こんなことを聞かれたら懲罰ものだな」

あのレオンハルト様を神聖視ねえ……。船の中で仲間たちと下品な冗談を言い合ったり、女の人たちに言い寄られたりしている姿を見せてあげたいものだ。

苦笑してしまいそうだったけど、ヴィンフリートの手前、なんとか堪えた。


昼食を終え、午後の勤務もつつがなく終えて陸軍基地から出ていこうとすると、いつも送迎についてくる護衛がふたり、どこからともなく現れた。

「今日は直帰していいよ。私は寄るところがあるから」

なるべく自然にそう告げると、護衛たちは顔を見合わせて困った顔をした。

「しかしクローゼ元帥閣下には、毎日寄り道せずに中佐をご自宅に送り届けるように、と言われておりまして」

「ああ、そうだよね。でも今日は父上の命令で寄らなきゃいけないところがあるんだ。密命だから、どこへ行くとはきみたちに言えないんだが」

「はあ……」

士官学校を出たばかりの若い彼らは、戸惑いの表情を見せる。父上の密命という言葉が重く響いているのだろう。

やがて彼らはうなずき合い、私の前の道を開けた。

「じゃあ、また明日」

駆けだしたくなる気持ちを抑え、歩調を変えないように苦労しながら、彼らから離れる。

基地を出て、誰も見ていないところで、空いている辻馬車《つじばしゃ》を拾った。

「レオンハルト・ヴェルナー邸の近くで降ろしてくれ」

御者はなにかを言いかけたけど、少し多めに金貨を渡すと笑顔になり、黙って馬を走らせてくれた。


手紙で指定されていたレオンハルト様の邸宅に着いたのは、基地を出てから一時間後だった。目立たないように少し離れたところで馬車を降り、こそこそと物陰に隠れながら歩いてきたからだ。

「……久しぶりの逢瀬《おうせ》だというのに、色気のないやつだな」

玄関まで出迎えてくれたレオンハルト様は、再会したときと同じようなシャツとズボンで現れた。今日は父上がいないせいか、ジャケットは羽織っていない。使用人が誰も出てこないところを見ると、すでに人払いが済んでいるのだろう。

「だって、着替えている暇なんて……」

私だって、真っ黒な軍服で会いたかったわけじゃない。けど、誰にも知られてはいけない以上、これで来るしか方法がなかった。

「からかっただけだ。むしろドレスより軍服の方が好きだね」

「どうしてですか」

「期待感が高まるからさ。うるわしき中身とのギャップがたまらな――」

「もういいです！」

久しぶりに会ったのに、そんなことしか話すことがないの？

そっぽを向いて頬を膨らませると、ふわりと背後から包み込まれるように抱きしめられた。

「会いたかった」

耳元で囁く甘い声が鼓膜を震わせる。そっと体を反転させられると、優しいキスが降ってきた。

慌てて目を閉じた途端に、レオンハルト様が離れていく。あまりに短い口づけに、ぱちぱちと瞬きすると、彼は額を私の額にこつんとつけて言った。

「すぐに迎えに行けなくて、すまない。余裕があれば今すぐ押し倒したいくらいだが、先に話しておかなければならないことがある」

「エカベト国王のことですか」

質問すると、レオンハルト様がこくりとうなずく。

「牢に幽閉されているというのは真実なのですか？」

「ああ、あれから国王に面会を申し込んでも一向に受理されない。皇居の地下に連行されていったという密告もある」

皇帝の住む宮殿とは、その前の広場から後ろにある広大な庭園と後宮も含む。皇居というのはその中心にある、皇帝が寝起きする建物のことだ。レオンハルト様と出会った式典を催す建物とはまた別の建物で、どうしてこれほどの部屋数が必要なのかと思うほど大きいという。

「それが本当であれば、今後どうするおつもりで？」

「国王を見つけて解放し、エカベトに帰す。ただし、それを強行するのは無謀だ。皇帝陛下を説得するしかない」

皇帝陛下を説得か。周りの貴族たちの言いなりになっていた皇帝陛下だけど、今はレオンハルト様への信頼も厚いらしい。直談判すれば、素直に耳を傾けてくれるかな……。

「では、すぐにでも皇帝陛下に謁見を申し込みましょう」

それを聞き、レオンハルト様はため息をついた。

私、なにかおかしいことを言った？

「何度も申し込んではいる。だが断られ続けているんだ。忙しいとか、体調が悪いという理由で」

詳しく聞いてみると、皇帝陛下は私たちが帰還した翌日は、普通に提督たちの報告を聞き、これからエカベトをどう統治していくかという会議にも真面目に出席していたらしい。

出席していただけで、実際に議論をするのは軍人と貴族たちだったということを噂に聞いた。まあそれは置いておいて。

戦争の後処理が一段落したら退役することを、皇帝陛下に願い出ようと謁見を申し込んだところ、拒否されたという。そのあと、エカベト国王への面会も拒否され続けている。

「においますね」

人前から姿を消した、皇帝と国王。彼らにいったいなにがあったのか。

「まあそういうわけで……すまないな。まだしばらく退役もできなそうだし」

「私との結婚どころじゃありませんね」

「拗《す》ねた言い方をするなよ」

拗ねたつもりはなかったけど、結果的にそう受け取られてしまっても仕方ない。

レオンハルト様の、敵国の王でも親切な対応をしなくてはならないという考えは立派だと思うし、同感だ。されど、それによって彼が新たな危険に直面してしまうのでは、という不安が生まれた。

「そういえば」

私が拗ねていると思っているらしいレオンハルト様を見上げる。

「私も異変を感じました。後方勤務部の長官とその副官が、尋常でない様子でバタバタしていて……」

なにかがあったのでは、と思ったんだ。もしかしたら、今話していたことと関係があるのか？

レオンハルト様の表情が険しいものに変わった。けれどそれは、私の報告のせいだけではなかった。

突然大きな音をたて、無遠慮に開けられた玄関。驚いてそちらを見ると、前に私と父上を案内してくれた使用人の少年が青い顔で立っていた。

「門の周りを見張っていろと言ったはずだ」

レオンハルト様が厳しい声を投げかける。それにうなずきながら、少年は玄関の扉を閉め、内側から鍵をかけた。

「申し訳ありません。急なご報告があります」

「どうした。クローゼ家の者がルカを探しにでも来たか？」

それはあり得る。なかなか帰ってこない私を心配し、父上が追手を差し向けたのだろうか。

レオンハルト様の横に立つと、使用人の彼は唾をごくりと飲み込んで呼吸を整えてから、はっきりと言った。

「皇帝陛下が、崩御されました」

自分が息を呑む音と、レオンハルト様のそれが聞こえたのは、ほぼ同時だった。

皇帝陛下がお亡くなりに……。

誰もが言葉を失った玄関ホールに、冷たい沈黙と緊張が漂う。

「まさか……つい最近までお元気だったではないか。いや、それより、お前はどこでそれを知ったんだ？」

レオンハルト様に問われ、少年はちらりと玄関の方に視線をやった。そのとき。

「レオンハルト・ヴェルナー元帥！　ここを開けられよ！」

玄関の扉が、不躾《ぶしつけ》な訪問者によってドンドンと悲鳴をあげた。

気づけば、玄関の外に大勢の人の気配がする。ただごとではない雰囲気が、扉を叩く者の口調から感じ取れる。

少年は訪問者から、皇帝陛下が崩御したことを知らされたのか。だとしたら、逃げるように入ってきて鍵までかけたのはなんのため？

「……お前たちは隠れていろ」

そう指示するレオンハルト様。皇帝陛下の死を知らせに来た使者にしては騒がしい。すでにある沈黙と緊張が、不穏な空気でデコレーションされていく。

「いいえ、おそばにいます」

彼のシャツの裾をつかんだ途端、扉が大きく膨らんだ。そのように見えたのは、外側から大勢の人間で扉を押したからだろう。

「そこから離れろ！」

一生懸命に扉を押さえようとしている少年を手招きする。彼がこちらに駆け寄ってきた途端、バキバキと木の裂ける音がして、扉が蝶番ごと吹き飛んだ。そこから憲兵隊の制服を着た男たちがなだれ込んでくる。

銃を持った憲兵隊は、あっという間に私たちを包囲した。

いったいどうして、憲兵隊がレオンハルト様の家に？　これじゃ彼が罪人みたいじゃない。

戸惑う私とは対照的に、レオンハルト様は落ち着いている。そんな私たちの前に現れたのは、よく知っている人物だった。

「残念です、ヴェルナー元帥閣下」

「メイヤー提督……！」

憲兵隊たちの間から現れたメイヤー提督は、ゆっくりと私たちの前に歩み出る。

どうして彼がこんなところに憲兵隊を率いてくるの？

混乱する私をちらりと見たメイヤー提督は、すぐ視線を外し、レオンハルト様をにらむように見つめる。

「レオンハルト・ヴェルナー元帥閣下。あなたを皇帝陛下殺害幇助《ほうじょ》の疑いで逮捕する」

海の底より低くて冷たい声が、ホールに響いた。

背中を冷や汗が何本も通っていく。体が震え、鼓動が激しくなる。

どうしてレオンハルト様が、逮捕されるの？

「身に覚えがない。逮捕するには証拠があるんだろうな？」

相変わらず狼狽《うろた》える様子のないレオンハルト様が聞き返す。狼狽える代わりに、不快感を顔に張りつけていた。

「証拠などは必要ないのです。元帥閣下」

「いくらでも捏造《ねつぞう》するということか」

「あまり皇室と貴族たちを敵に回さない方がいい。おとなしく連行されてください」

専制君主制であるアルバトゥスには、開かれた議会も平等な裁判もない。情報は規制され、市民が皇室や軍の真実を知ることはない。

この国では、権力を持った者がこじつけた理由で誰かを罪人に仕立て上げることなど、赤子の手をひねるより容易《たやす》い。

「皇帝陛下はどうやって殺害されたのですか。レオンハルト様を連行するというのなら、せめてそれくらい聞かせてください」

彼の前に出て両手を広げる私を、メイヤー提督はうざったそうに眺めた。

「元帥閣下とあなたが一番よくご存知でしょう。皇帝陛下はご自身の寝室で、毒を注射されたのです」

「え……」

「皇帝陛下が倒れられたのは二日前。その夜、ある女性が皇帝陛下の寝室から出てくるのが目撃されました」

ある女性？

首を傾げる私に、メイヤー提督の人差し指が突き出される。

「亜麻色の髪をした、痩せ型の美しい女性だったそうです。それはあなたですね、ルカ・クローゼ中佐」

「は？」

たしかに特徴は一致して――美しいという点は無視して――いるとしても、それは私じゃない。皇帝陛下のおそばに近寄ったことなんてないんだから。

「あなたは許可なく皇居に侵入し、その美貌を武器に人知れず皇帝陛下に近づいた。そして毒を注射したあと、走って逃げた」

「ちょ、ちょっと待って。よくもそのようなデタラメ推理を堂々と発表してくれるな」

私がどうして皇帝陛下を殺さなければならないの。崇拝してもいないけど、個人的な恨みも政治的陰謀も併せ持ってはいないのに。

「そう言いきる証拠は？」

再び証拠を求めるレオンハルト様。だんだんと険しい表情になる彼に、メイヤー提督は淡々と言い放つ。

「あなたの船の物品を調べさせてもらいましたよ、ヴェルナー元帥。薬品庫の麻薬が、帳簿上の数より少なくなっていた」

「麻薬か。種類によっては使い方を間違えると毒にもなるな」

「そういうことです。そして、その薬品の在庫管理をしていたのは」

メイヤー提督とレオンハルト様が、同時に私に視線を投げる。

たしかに、薬品の在庫管理をしていたのは私だ。特に麻薬は勝手に持ち出されては危険なため、毎日欠かさず在庫数を調べていた。鍵も私が管理していた。

帰還してすぐ陸軍に戻ってしまったため、航海後は鍵を海軍に返却している。しかし、かつて在庫管理をしていたという事実だけでも、私が麻薬を盗んだと疑う材料は十分だろう。

「で、お前は俺がルカに命じて皇帝を殺害させた黒幕だと信じて、逮捕に踏みきったわけだな」

「そういうことです。そしてクローゼ中佐には、他の疑いもかけられています」

まだなにかあるの？

じっとにらむと、メイヤー提督は私をにらみ返してきた。

「中佐が実は女性だという情報が、とある筋から寄せられました。それが本当であれば、皇帝陛下の兵でありながら、陛下を欺いていたという罪に問われます」

私とレオンハルト様は反論する声を失った。

父上が恐れていたことが起きてしまった。女人禁制の帝国軍に男装して紛れていたのだから、処罰は免《まぬが》れない。

けれどいったいどこから、私が女だということがバレたのか？

「私は皇帝陛下を殺害していません。誰が私を女性だなどと……」

かろうじてそこまで言うと、メイヤー提督は一歩進み出て、私のあごを捕らえて上を向かせた。

「では、潔白を証明するため、ここで服を脱いでみよ」

「なにを……」

「嫌なら、私が脱がせてやっても構わんのだぞ」

下卑た視線で私を見下ろすメイヤー提督。その手は横から、より大きな手に打ち払われた。

「汚い手でこいつに触るな」

私を抱き寄せるレオンハルト様。その声には純粋な怒りがみなぎっていた。

「こいつは俺のものだ。他の男が触れることは許さない」

レオンハルト様が一歩踏み出すと、メイヤー提督は怯えたような表情で一歩引いた。

武器を持っていなくても、体中から湯気のように立ち上る怒気が、憲兵隊たちをも怯ませる。

「よかろう、連行されてやる。その代わり、こいつには指一本触れるな」

「そうはいきません。クローゼ中佐はあなたと共犯、しかも皇帝陛下殺害の実行犯の疑いが……」

メイヤー提督の言葉の途中で、レオンハルト様が大きく舌打ちをした。

「では、共に同じ牢に入れるがいい。それでなければ、出頭を拒否する」

威圧感たっぷりに言うと、メイヤー提督は「とりあえずそれでいいでしょう」と渋い表情でうなずいた。

彼に命令できる立場ではないはずのレオンハルト様は、私の手を握り、先を歩くメイヤー提督についていく。

「あ、そうだ。留守番と……扉の修理を頼む」

玄関を出る直前で振り返ったレオンハルト様は、使用人の少年にそう微笑みかけた。

呆然と突っ立っていた少年は、我に返ったように敬礼する。その瞳に涙が溜まっているのが見えた。

皇帝陛下が崩御されただけでも大事件なのに、まさか殺害の疑いが自分たちにかけられるなんて。

私たちふたりだけならば、大暴れして脱走するのも悪くない。けれど、それではあの少年を巻き込んでしまいかねない。レオンハルト様も私と少年のために、戦うことをせず追従することに決めたのだろう。

邸宅の敷地を出ると、騒ぎを聞きつけた市民たちが集まってこちらを見ていた。

「ヴェルナー元帥！　ヴェルナー元帥！」

憲兵隊たちに囲まれる、信じられない彼の姿を見て泣きだす者もいた。彼は本当に市民に好かれているんだ……。

「すぐ帰ってくるよ」

レオンハルト様は片手を上げ、まるで小旅行にでも行くような雰囲気で用意された馬車に優雅に乗り込んだ。もちろん私もそのあとに続く。

大丈夫、ふたり一緒ならなんとかなる。

祈るように信じながら、私たちは主のいなくなった宮殿へと向かった。

馬車から降りると、共に皇居まで連行され、地下牢に入れられた。


ここに閉じ込められてもう一日が経った。

ふたりで並んで鉄格子をつかみ、辺りを見回す。暗く冷たい牢には、出入口に立っている見張り以外誰もいない。初日は監視の目を気にして静かにしていたけど、すぐに我慢の限界がきて口を開いた。

「そういえば、ここにはエカベト国王がいるんじゃなかったですか？」

「暗くて見えないが、この奥にも通路があるという噂だ。よっぽど奥に閉じ込められているんだろう」

たしかに、灯りがついていないので一寸先は闇。しかも出入口にすぐ近い牢に閉じ込められてしまったので、通路の奥がどうなっているのか詳しくわからない。

噂によると、この地下空間には何十もの牢が設置されており、空間全体が脱走を妨げるために迷宮のようになっている、とレオンハルト様が小声で教えてくれた。

「さあ、作戦は浮かびましたか？」

「ん？」

「まさかなんの勝算もなく、ただ無抵抗に捕まったわけじゃありませんよね？」

見張りに聞こえないように気をつけながら、じっとレオンハルト様を見つめる。

このままじゃ不公平な裁判にかけられて、一方的に死刑にされかねない。どうにかして脱出しなくては。

「お前さ、俺を神かなにかと勘違いしていないか？　そんなにホイホイ、都合のいい作戦が浮かぶわけないだろ」

床に胡坐《あぐら》をかき、腕組みをして私を呆れたように見るレオンハルト様。

「俺は大勢の人に崇拝されるような人間じゃない。ましてや神でもない。帝国のためという大義名分のもとに、大量殺人を犯した罪人だ。皇帝陛下殺害を考えたことはないが、罰されるにふさわしい罪を重ねてきた」

アンバーの瞳は、私の顔ではなくどこかを見ていた。

その瞳を見ると、海の中に呑まれていく船や兵士を黙って見送っていたレオンハルト様の横顔を思い出す。

彼はきっと、今までずっとひとりで、罪悪感と戦ってきたんだ。なのに、用兵の才能があったせいで、なかなか前線から遠ざかることができなかった。

つらかったであろう彼の心を思うと、こちらまで胸が痛くなってくる。

「けど、こんな逃げ方はいけません」

無実の罪で裁かれて死刑になることは、償いにならない。こんな終わり方、レオンハルト様らしくない。

「死んだ人は帰ってきません。ならば、生きている人間のためになにができるか。それを考えましょう。私も一緒に考えますから」

「生きている人間のため……」

「レオンハルト様がいなくなったら、ひとりきりのお母様はどうなるんですか。あなたを慕っているヴェルナー艦隊の仲間たちは？　市民たちは？　あなたがいなくなったら、多くの人を悲しませることになります」

膝を折り、レオンハルト様のアンバーの瞳をのぞき込む。それは長い歳月と複雑な思いを閉じ込めた宝石のようだった。

「……真面目すぎるんだよ、お前は」

レオンハルト様は、くしゃりと顔を歪めて笑うと、私の頭をくしゃくしゃとなでた。

「冗談だよ。そんなことを気にしていたら軍人なんかできやしないさ」

「はい……」

「死ぬつもりは毛頭ないが、今の時点で打てる手はない。相手の出方次第だ」

強気な発言をするレオンハルト様は、いつものレオンハルト様だった。

隠さなくてもいいのに。自らが葬った敵に対する罪悪感も、夜に襲ってくる悪夢も。

私は全部受け止める覚悟でいるのに。私が頼りないから素直になってくれないのかな。

うつむいてしまうと、肩を叩かれた。顔を上げるとレオンハルト様が微笑んでいた。

「というわけで暇だから、ふたりきりの時間を満喫しようか」

「え?」

やけに顔を近づけてくるなと思ったら、そのままキスをされた。肩にあった手が胸元に下りてきて、恥ずかしさよりも驚きが先に立つ。

「な、なにするんですか、こんなところで」

「なにって……監獄プレイ?」

「嫌です!」

意味がわからないし! すぐそこに見張りの兵士がいるし!

大声で拒否すると、自分の声が地下空間で反響し、通路の奥からこだまになって返ってきた。

「誰か……誰かいるのか？」

通路の奥から細い声が聞こえてきた。

「まさか、エカベト国王⁉」

「きみは？　他に誰かいるのか？」

私たちより先に閉じ込められたと噂のエカベト国王。彼が少し離れた牢に閉じ込められている。

私とレオンハルト様は顔を見合わせ、確信するようにうなずいた。

「静かにしろ！　囚人同士の会話は禁じられている！」

私と同じ色の軍服を着た見張りの兵士が、声を張り上げる。

「囚人だと？」

素直に応じるわけもないレオンハルト様が立ち上がる。鉄格子をつかみ、見張りの兵士に牙をむいた。

「俺はともかく、他国の国王陛下を囚人呼ばわりとは何事か。我が帝国はいつの間にそこまで落ちたのか」

「なに……だ、黙れ！」

見張りが銃をレオンハルト様に向けた。その瞬間、天井から轟音が響いた。

「な、何事でしょう？」

上下に揺れる空間で、レオンハルト様の腕を握る。まるで地下空間全体が軋んで、崩れようとしているかのよう。

兵士は動揺した顔で出入口に立った。外で起きていることを確認するためか、自分だけ崩れ落ちそうな地下空間から逃げるためか。

「待てっ！」

レオンハルト様が鉄格子の間から長い腕を伸ばす。するとその声に答えるかのように、出入口の扉がこちらに向かって唸り、白煙と共に吹き飛んだ。

破壊された扉に抱擁されるようにして、見張りの兵士も吹き飛ばされ、床に落下し、気を失った。

「よう、元帥閣下！　ざまあねえな！」

巻き上がる白煙の中から現れたのは、長いオレンジ色の髪を揺らしているライナーさんだった。

なぜか陸軍で開発途中の、対騎馬隊用の無反動砲を担いでいる。あれで分厚い鉄の扉を鍵ごと吹っ飛ばしたのか。

「あれ、本当にルカまで一緒にいる」

「いいことだ。手間が省ける」

ライナーさんの後ろから、アドルフさんとベルツ参謀長まで現れた。彼らは見慣れた海軍の軍服を着ている。

「みんな、どうして……」

「俺たちの提督と副官が捕まったって聞いたんじゃ、黙ってられないだろ。お前たちが皇帝陛下を暗殺したなんて嘘に決まってる。下がれ！」

怒鳴ったライナーさんは、懐から取り出した小銃で牢の錠を打ち壊す。その間に、倒れた見張りの兵士のポケットから鍵束を取り出すアドルフさん。

「エカベト国王陛下がいる。もっと奥の方だ。早く安全な場所へお連れしろ。頼んだ」

レオンハルト様に言われ、こくりとうなずくアドルフさん。

「みんなは先に行って。俺は国王陛下と逃げる」

「俺たちに囮《おとり》になれってか。いい根性してるぜ」

ニッと笑ったライナーさんが私たちを先導する。牢から出て階段を駆け上がると、皇居の長い廊下に出た。

「いったい外でなにが起きているのか教えてください、参謀長」

私が尋ねると、ベルツ参謀長はこくりとうなずいた。私たちよりかなり年上のはずなのに、廊下を走っても息切れひとつしていない。

「ヴェルナー元帥閣下が逮捕されたと知り、市民たちが暴動を起こしたのです」

「なんだって?」

私より先に、レオンハルト様が反応した。

「それだけではありません。帝都のあちこちでテロが起きているのです。主に皇族や貴族の館が狙われています」

「まさか、市民たちが彼らを?」

尋ねると、ベルツ参謀長は渋い顔で首を横に振った。

「それらの館には爆発物が仕掛けられていた。順番に爆発し、火事が起きている。風に煽られた火が市民街に届く手前で、陸軍による消火活動と救出活動が続いている」

爆発に火事。レオンハルト様が逮捕されたことといい、皇帝陛下が暗殺されたことといい、この国はいったいどうなってしまっているのか。

「ということは、犯人は市民とは考えにくい。先日までの戦争の影響で、帝国内の火薬はほとんど軍が管理している。あれほど大量の爆発物を入手することは不可能だ」

「たしかに。皇帝暗殺の真犯人の仕業か。よっぽどこの帝国を沈没させたいらしい」

レオンハルト様がうなずいた。

廊下の角を曲がって、だだっ広い玄関ホールに出ると、待ち構えていた憲兵の群れが、わっと襲ってくる。彼らの手には銃や剣、戦斧《せんぷ》といった武器が握られていた。

玄関の巨大な扉は、すでに板が打ちつけられて封鎖されている。さらにその前に憲兵隊がひしめいており、玄関からの脱出は不可能と思うしかなかった。

「市民たちは、権利を独占する門閥貴族たちと皇室に、よっぽど鬱憤を溜めてたらしいな。そこに正体不明のテロで混乱してる。市民は救世主を求めてるんだ。皇室や貴族の支配から自由にしてくれそうな、レオンハルト・ヴェルナーという救世主をな」

ライナーさんがそう言って無反動砲を構えると、憲兵たちは恐れおののき、壁に張りつく。膠着《こうちゃく》状態になったホールに奇妙な沈黙が落ちる。

レオンハルト様は苦々しい顔で、ライナーさんの言葉を聞いていた。それについてはなにも答えない。

「その市民たちに武器を与えたのは、私たちですがね」

「なんということを。俺は平和的解決を望んでいたのに」

「彼らだって、行動を起こす権利はあります。すでにいくつかの貴族の私兵団が動き始めている。武力を持たずにそれらに対抗するのは無謀です」

ベルツ参謀長まで両手に銃を構えると、レオンハルト様は額を押さえた。

「ヴェルナー元帥を解放しろ！」

「腐った貴族社会は終わりだ！　ヴェルナー元帥を国家主席に！」

玄関の外から漏れ聞こえる、割れんばかりの市民の声。それは私たちを囲む憲兵たちに動揺を与えているように感じる。彼らは武器を持っているが、なかなか動かない。レオンハルト様が一歩そちらに近づいた、そのとき。乾いた発砲音が連続して、外の空間を引き裂く音がした。

「わあああああっ」

「貴族が撃ってきた！」

誰かが撃たれたようだ。憲兵か私兵団か知らないが、市民に武器を向けるなんて！

走っていこうとする私の肩を、ライナーさんが捕まえた。

「心配するな。市民の前ではヴェルナー艦隊の兵士たちが盾になってる」

その言葉通り、最初の攻撃に対抗する発砲音が続けて聞こえた。

「いいぞ、ヴェルナー艦隊！」

「怯むな、前に進め！　必ずヴェルナー元帥をお救いするんだ」

「血も涙もない貴族どもめ。俺たちをなめるな！」

市民たちの怒号が響く。誰も貴族の攻撃に怯えて退こうとする者がいないらしい。

いや、むしろ、貴族側が市民を攻撃してしまったことで、くすぶっていた怒りの火種を煽ってしまったのだろう。

「これは革命だ。もう引けないぜ、元帥閣下！」

無反動砲から砲弾が放たれる。それは憲兵たちの背後の壁を崩した。

「来い！　どうせ玄関からは逃げられない。ここは広すぎる。不利だ」

ライナーさんに導かれ、奥にある、二階に続く階段を上がっていく。憲兵たちが、五人ずつほどの幅の狭い列になって追ってくる。

なるほど、これなら囲まれる心配はない。

「仕方ない」

レオンハルト様は階段を上がりきり、そこにあった全身甲冑の置物の手から長い槍を奪い取った。私はベルツ参謀長から銃を一本譲られる。そして、乱闘が始まった。

「ふっ！」

レオンハルト様が槍を素早く横に凪ぐと、よけようとした兵士たちがバランスを崩し、階段を転げ落ちていく。

「年を取っているからといって、なめないでいただきたい」

階下から銃を乱射され、身を低くしては応戦するベルツ参謀長。その狙いは正確で、憲兵たちの急所を外しながらも怪我を負わせ、着実に戦闘不能者の数を増やした。

「おらああああっ！」

ライナーさんは向かってくる敵に、無反動砲を担いだまま飛び込んで蹴り倒し、着地と同時に立っている敵の足を払った。彼の周りで突風が起きたように、憲兵たちがライナーさんを中心にした円状に倒れていく。

大砲だけじゃないんだ、すごい……って、感心している場合じゃなかった。

私はレオンハルト様のそばから離れず、彼を撃とうと狙っている兵士を見極め、その手首を狙って次々に発射した。

発砲の反動が肩を揺さぶる。両足をしっかり床につけ、狙いを定める。射撃は久しぶりだったにもかかわらず、何丁か敵の銃を床に沈めることに成功した。

「意外にうまいな」

「射撃の成績はよかったんです」

私たちは四人で、二百人ほどの憲兵を相手にせねばならず、善戦しながらもどんどん階上に追い込まれていく。

「相手の数が多すぎるな」

舌打ちをするレオンハルト様。さすがの彼の額にも、汗がにじんでいた。

「こっちだ」

ライナーさんが廊下の奥にやたら大きな装飾過剰の扉を見つけ、銃で鍵を壊し、それを開いた。

私たちはひとまずそこに逃げ込み、大きなチェストやソファを押し、扉の前に積み上げ、バリケードを築く。少しでも時間を稼ぎ、その間にここから脱出しなければ。

「ここは……皇帝陛下の寝室だな」

レオンハルト様が、ぼそりと呟いた。毛足の長い絨毯が敷きつめられた広々とした部屋には、派手なシャンデリアや美術品。天蓋付きの、大人三人ほどが一緒に眠れそうなベッドに、掃除が大変そうなガラス窓。巨大なそれは一部が扉になっていて、外に出られるみたいだ。

その外から、嵐のような市民の声が聞こえる。

「……レオンハルト様……」

重厚な扉が廊下側から押され、唸り声を上げている。それを背後に、レオンハルト様はゆっくりと窓際に歩み寄った。

ベルツ参謀長が、ガラス窓についている扉の取っ手に手をかけ、ゆっくりとそれを開ける。

レオンハルト様に続いて外に出ると、そこは豪華なバルコニーになっていた。見下ろすと、宮殿の前の広場いっぱいに市民が詰めかけていた。

「あれを見ろ！　ヴェルナー元帥だ！」

「ほら見ろ、やっぱりご無事だ！」

「ヴェルナー元帥！　ヴェルナー元帥！」

レオンハルト様の姿を見つけ、歓喜の声があがる。歓びに輝く彼らの目が一斉にレオンハルト様を見つめる。宮殿が割れんばかりの市民の声が、私たちの鼓膜に突き刺さった。

市民たちの迫力に押され、彼らの左側面に迫る憲兵隊たちも、武器を振るわずに立ちつくす。さっきまで撃ち合いをしていたからだろう。彼らの顔も市民と同じく、汗で濡れていた。

遠くの方で、黒い煙が上っているのが何本も見えた。赤い炎が燃えている場所もまだいくつかある。

帝都が、炎上している……。

「なんだよ……」

レオンハルト様はバルコニーの手すりを両手でつかんだ。

「俺なんかを英雄に祀《まつ》り上げたって、どうにもならないのに」

ぼそりと零したアンバーの瞳がきらめく。市民の声は、権力や勲章よりも、よほどレオンハルト様の心を動かしたようだった。

しかし、そのとき。

——ドオン！

集まった市民たちの背後で突然爆発が起き、悲鳴があがった。土煙に巻き上げられた人影が、いくつかバルコニーから見えて戦慄《せんりつ》する。

「貴族め！」

ライナーさんが唸った。有力な門閥貴族の旗を掲げ、騎馬隊が市民の後ろから近づいてくる。大砲まで持ち込んできたその軍の旗には見覚えがあった。

たしか、あれは。

「ピコスルファート公爵家……」

私が呟いた声が聞こえたのか、レオンハルト様が奥歯をぎりりと噛んだような表情をした。

あれは、レオンハルト様と初めて会ったときに、痴漢を働いていたゲス公爵の私兵団だ。

「相変わらず、最っ低！」

思わず吐き捨てた。いくら武器を持っているとはいえ、ただ持っているだけでほとんど行使していない相手に対して騎馬隊を持ち出す道理はない。

「レオンハルト・ヴェルナー！　男らしく投降しろ！」

市民の波の横を、馬に乗って近づいてきた男が言う。彼は大げさな全身甲冑を着込んでいた。

「お前が投降し、その命をもって皇帝陛下殺害幇助の罪を償うというのなら、市民たちの命は助けてやらないでもない、と慈悲深きピコスルファート公爵閣下がおっしゃっている」

私とライナーさん、ベルツ参謀長は、ぽかんと口を開けてしまった。呆れてなにも言えない。

どれだけ上から目線。市民の命をなんだと思っているのか。

そして、慈悲深きゲス公爵、どこにいる？　全然見えないところに隠れておいて、なに言ってんだ！

ふつふつと怒りが湧いてくる。最初にその沸点に到達したのは私たちではなかった。

「引っ込め、ゲス貴族！」

「俺たちはヴェルナー元帥の足かせにはならない。やるならやれ！　皇帝が斃《たお》れた今、元帥閣下こそ、この国を治めるにふさわしい人だ」

「脅しで俺たちが止められると思うか。元帥閣下、惑わされないでください！　たとえ犠牲を出そうとも、私たちは最後まで戦います！」

使者となった男に、一斉に石が投げつけられる。それらは鉄の甲冑に当たり、マヌケな音を立てて跳ね返った。流れ弾を受けた馬が暴れだす。

「ええい、バカ者どもめ！」

甲冑の男は暴れ馬をどうにかこうにかなだめながら、自軍の旗のもとへ戻っていく。

「待て！　これ以上の争いは……」

レオンハルト様が止める間もなく、市民の左側面で控えていた憲兵隊たちが銃を構える。

後ろの方では、騎馬隊たちが弓を番《つが》えていた。その一部がゆっくり進み、彼らの右側面を包囲しようとしている。

「やめてっ！」

男装をしていることも忘れ、バルコニーの手すりをつかんで叫ぶ。いくらヴェルナー艦隊がついているとはいえ、憲兵隊と貴族軍に囲まれたら、市民たちを守りきれない。血が流れることは必至。

「くそっ……」

隣でレオンハルト様が唸る。いくら不敗の軍神でも、市民を人質に取られたら、大胆な戦術は取れない。

おそらく彼は、自分だけ投降することも考えているだろう。でもそれは市民の望むところではない。

「どうする、レオンハルト」

ライナーさんがレオンハルト様の後ろから声をかける。

「命令を。元帥閣下」

同じように、ライナーさんの隣にいたベルツ参謀長が囁きかける。

私たちも民衆も、レオンハルト様に全てを丸投げしたいわけじゃない。レオンハルト様なら正しい方向に導いてくれると思うから、彼を求めるんだ。

「大丈夫です、レオンハルト様。あなたなら……」

そっとレオンハルト様に寄り添い、右手を握る。その手のひらは、しっとりと汗ばんでいた。

アンバーの瞳がゆっくりとこちらを見つめる。彼がなにかを言いかける。それを、後ろからの足音が制した。

「全員、武器を捨ててください」

振り返った私たちは唖然《あぜん》とした。いつの間にか部屋の中心に、ある男が立っている。

それはヴェルナー艦隊の一員だった人物。灰色の目と髪を持つ、クリストフだった。

彼が、いったいどうして……。

驚いて言葉も出ない。出入口はバリケードがしてある。いったいどうやって入ってきたのか。

彼は右手に銃を持ち、左手に誰かを抱えていた。ぼさぼさした癖のある黒髪。痩せた顔にメガネをかけている。新緑色のローブだけは上等なもののよう。彼はいったい……。

「お前、そのお方が誰だかわかっているのか。なぜ銃口を向ける」

ベルツ参謀長が緊迫した表情で問う。問われたクリストフは落ち着いた顔でうなずいた。

「もちろん。先帝が斃れ、昨日、新皇帝になったばかりの人物です」

それは……。

フリーズしそうな頭を一生懸命に回転させる。先帝には子供がいない。ということは、その兄弟が跡を継ぐのが普通。

先帝のふたりの弟はすでに亡くなっている。生きているのは一番上の兄。名前はトルステン。学問好きの変わった人で、帝位から身を引いていた。私たちが牢に入っている間に、彼が新皇帝の座に就いていたらしい。

新しい皇帝と知りながら、なぜクリストフはトルステン陛下を人質に取るような真似を？

トルステン陛下は血の気を失った顔で、じっとしている。あまり相手を刺激しないように努めているみたいだ。

仕方なく、ゆっくりと武器を足元に置き、手を上げる私たち。槍を放り捨て、じっとクリストフをにらむレオンハルト様。そんな彼に、クリストフはトルステン陛下と共に近づく。

バルコニーに現れたトルステン陛下の姿を見て、貴族たちの動きが止まった。ざわめきが波の音のように広場から聞こえる。

「うるさいんだよ、アルバトゥスのバカども！　ちょっと静かにしておけ！　騒いだらこいつの頭を撃ち抜く！」

聞いたことのない大きな声で、クリストフが下に向かって怒鳴る。

彼に、こんな声が出せるなんて。

武器を持ったこともないはずの彼の威圧的な姿に、私たちは手を上げて呆然と立ちすくむ。沈黙を破ったのはレオンハルト様だった。

「クリストフ、やっぱりお前が裏切り者だったか」

裏切り者？『やっぱり』って……。

混乱する私たちを置き去りに、レオンハルト様はただひとり冷静な顔でクリストフに向かう。

「お前が皇帝陛下を殺害した犯人だな。そして俺とルカにその罪を着せようとした」

「なんだって？」

ライナーさんがにらむと、クリストフがふっと笑った。今まで見たことのないような皮肉を込めた微笑だった。

まさか。どうしてクリストフが、私たちを陥れたりするの。彼は仲間のはず。私の傷を癒してくれたのに。

「今まで女装趣味はありませんでしたが、クローゼ中佐に化けるのは楽しかったですよ。殺害ついでに、この部屋の隠し通路も見つかりました」

クリストフの言葉に、全身の血が凍っていくような錯覚が生じる。

ということは、皇居で目撃された亜麻色の髪の女性は、クリストフだったのか。

たしかに普通の男性より線の細い華奢な彼は、私と背の高さもそれほど変わらない。女装してもさほど不自然ではないだろう。

そして、隠し通路を知っていたから、バリケードがしてあるこの部屋に入ってこられた。それは一度この部屋に入ったことがあるという証明にもなる。

それでもまだ信じられない。彼は本当に、私の知っているクリストフなの？

「凶器が俺の船にあった麻薬、しかも注射されたと聞いたときから、お前が怪しいと思っていたよ。お前なら誰にも怪しまれずに薬品庫に入ることも、麻薬の棚の鍵を開けることもできる」

「ええ、クローゼ中佐が陸軍に異動になったあとは、衛生兵が順番で鍵を保管していましたからね」

自分がしたことを、あっさりと認めるクリストフ。

まさか、弱気に見えた彼が皇帝陛下を殺害するとは、予想もできなかった……。

背中を冷たいものが駆け抜けていく。

ヴェルナー艦隊の一員に裏切られるなんて、考えたこともなかった。

「それに、皇帝陛下が抵抗する暇もなく即座に注射器を扱い、致死量の薬を入れることができる艦隊の関係者は、衛生兵くらいだ」

レオンハルト様の推理を聞いていて、驚く。

牢屋でぼーっとしていただけかと思ったけど、真面目に真犯人について考えていたのか。もしかしたら私にショックを与えないよう、クリストフのことを話さないようにしていたのかもしれない。

「衛生兵の中で、ルカが女性だということを知っていたのはお前だけ。それをうまく利用しようとしたんだろう。ルカの正体を貴族たちに密告したのもお前だな」

レオンハルト様の言葉が途切れると、今まで黙っていたライナーさんが我慢しきれなくなったようで、とうとう会話に横入りした。

「ちょっと待て。こいつ、マジで女なのか？」

緊迫した空気の中、ライナーさんの素っ頓狂な声が響く。

彼は私が女性でありながら軍に所属したという罪状は聞いていても、信じていなかったみたい。

「ごめんなさい……みんなを騙していて」

しょんぼりと事実を認めてうなだれると、ベルツ参謀長が私の肩を叩いた。

「性別なんて関係ない。きみがヴェルナー艦隊のために懸命に働き、元帥閣下の命を救ったことは誰もが認めている」

「そ、そうそう。びっくりしただけだ」

まだ驚きから解放されないようなライナーさんも、ベルツ参謀長に同調してうなずいてくれた。ふたりの目は、私を責めているようには見えない。

性別なんて関係ない。その言葉が私の胸を温める前に、レオンハルト様が話をもとに戻す。

「どうしてお前がそんなことをしたか、ここにいる面々に説明してくれないか」

ライナーさんとベルツ参謀長が、視線をクリストフに戻した。クリストフは銃口をレオンハルト様に向けたまま、口を開く。

「あなたが我が国の宿敵だからですよ、元帥閣下。あなたが不名誉な罪で死刑にされるのを見たかった」

「ほう」

「何万ものエカベト国民を犠牲にしたあなたを、憎まないわけがない。私はエカベト出身ですから」

私を含め、みんなが息を呑む音が聞こえた。レオンハルト様だけは正面からクリストフを見据え、静かな声で言った。

「最初から刺客として俺の船に乗っていたわけだな」

クリストフが、エカベトの刺客……。

信じられない暴露の連続で、ライナーさんが口を開けたままフリーズしてしまう。

「ルカに近づこうとしたのは？」

「彼女はどう見たって女性でしたから。骨格も肉づきも、歩くときの重心も髪質も。誰にも気づかれないうちに協力し、弱みを握って利用してやろうと思ったんです」

えっ、そんな。後ろから抱きつかれたあのときには、もう私が女だと気づいていたっていうの？

レオンハルト様は感心したように唸った。

「なるほど、俺も気づいていなかった頃から見抜いていたのか。大した観察眼だ。さすが医者志望だっただけある」

「船に乗ったときは、あなたに隙がなさすぎて途方に暮れていましたが、彼女のおかげで一気にあなたに近づくことができました。感謝しています」

クリストフの灰色の目を見て思い出す。最初に彼を見たとき、どこか様子がおかしいと思っていたんだ。それは、彼自身が敵の船に乗って緊張していたから……。

そこまで考えて、ハッとした。

「もしかして、皇族や貴族の館を爆発させたのも」

思わず口を挟むと、クリストフは負の感情を込めた冷たい灰色の瞳で私を見た。

「ええ。ヴェルナー元帥はどうせ死刑になる。ついでに皇族を滅ぼし、市民はますます消耗すればいい。アルバトゥスの崩壊が最終的な目標でした。目論見通り、バカな帝国人たちは殺し合いを始めた」

高らかに笑うクリストフを、広場にいる市民や貴族、ヴェルナー艦隊が唖然として見つめていた。しかし、だんだんその瞳に怒りが灯る。私たちは、クリストフひとりに踊らされていたのか。

エカベトに向かう船の中で、レオンハルト様は言った。

『エカベトを帝国領にしても、結局いつかは内乱が起きるだろう』

他国との戦争が終わっても、市民が幸せでなければ、内乱が起きてしまう。場所は違うけど、レオンハルト様の言った通りになってしまった。

「お前は誰だ！　下りてこい！」

市民のざわめきが、怒号に変わる。

「皇帝陛下を解放しろ！　そうすればお前の命は助けてやると、慈悲深きピコスルファート公爵が――」

甲冑の騎士がしゃしゃり出てくると、クリストフは無感情な瞳で、銃口をそちらに向けた。止める間もなく無慈悲に引き金が引かれる。鋭い発砲音が甲冑の騎士の頭を掠めた。

「静かにしていろと言ったはずだ。こいつを殺してもいいんだな」

冷たい声で言い放ったクリストフは、まだ熱いはずの銃口をトルステン陛下のこめかみにつきつけた。貴族たちは一瞬ざわめいたものの、それ以上なにもできずに沈黙する。

なんとかしなきゃと思いつつも、誰もがうかつに動けないでいる。ぎりっと奥歯を噛んだとき、遠くの方から続けて爆発音がした。

「なんだ⁉」

「時限爆弾ですよ。はは、いい気味だ」

驚くライナーさんをあざ笑うように、クリストフが冷徹な笑みを浮かべる。

「あれは、市民街の方じゃないか。皇族や貴族だけを狙ったんじゃなかったのか」

とうとうレオンハルト様が怒りを露《あら》わにし、一歩踏み出す。ただ、クリストフが銃を離さないので、それ以上は動かなかった。

「さあ、どこに仕掛けたか……。いちいち覚えていません。第一、どこでもよかったんです。この国の誰が巻き込まれようが、知ったことではない」

クリストフの答えに、ぷつんとレオンハルト様の中のなにかが切れた。そんな音が、聞こえたような気がした。

「ふざけるな……！」

獣の唸り声に似た低い声が、彼の喉を鳴らす。それはびりびりと空間を振動させ、聞く者を圧倒した。

「おい、憲兵隊にピコなんとか！　市街に戻り、爆発騒ぎを収拾しろ！　速やかに火を消し、怪我人を救出するんだ。そうでないと、帝都が焼け野原になってしまう」

レオンハルト様がバルコニーから命令する。彼の黒髪が、強い風に煽られて揺れた。こんなに強い風じゃ、すぐ帝都中に燃え広がってしまう。

「ここは俺に任せろ！　早く！」

身を乗り出して叫ぶレオンハルト様。しかしいつも彼の命令を受ける立場でない者たちはどうしたらいいのかわからず、きょろきょろしている。

「静かにしろ」

とうとう敬語を捨てたクリストフが、レオンハルト様の背後に迫る。その距離、およそ馬一頭分。

「嫌だね。どうせお前は俺も殺すつもりなんだろう。それならお前の命令に従う理由はない」

広場の方を向いていたレオンハルト様が振り向き、クリストフを上からにらみつける。私はどうにかして彼の武器を奪えないか、慎重に機会を探している。こめかみをひと筋、冷や汗が流れていった。風に乗ってきた煙のにおいが鼻を掠める。

ライナーさんもベルツ参謀長も、足元に置いた武器に視線を投げる。けれど、それを拾えないでいた。

「いいだろう。皇帝の前にお前が死ぬがいい。お前に殺された何万というエカベト国民の魂を慰めるために」

クリストフの銃が、皇帝陛下のこめかみからレオンハルト様に狙いを変えた。細い指が引き金にかかる。それは一瞬で引かれ、硝煙のにおいが立ち込めた。

「レオンハルト様！」

咄嗟のことで反応しきれなかったのか、彼の左腕を弾丸が掠めたらしい。白いシャツがみるみる赤く染まっていく。こちらを見上げていた市民たちから悲鳴があがった。

痛みに顔を歪める彼は、右手で血の吹き出す傷口を押さえた。

「まだまだ……それくらいじゃ、同胞が流してきた血の量に全く届きません」

二発目を撃とうとするクリストフ。私は傷ついたレオンハルト様の前に立ち、両手を広げる。

一瞬の隙をついてライナーさんとベルツ参謀長が武器を拾い、クリストフに銃口を向けた。銃を持つ三人がにらみ合い、膠着状態に。

「もうやめて、クリストフ。参謀長たちも、彼を撃たないで。もう誰も殺さないで」

私の声を、クリストフは冷ややかな目をして聞いていた。

せっかく戦争が終わったのに、どうしてまだ殺し合いを続けなきゃいけないの。

「クリストフ。レオンハルト様はあなたの国王陛下を救おうとしていたんだよ。たしかに彼は何万もの人を犠牲にした。許されることではないと、彼だって承知している」

「ルカ、もういい」

私の肩をつかみ、自分の背後に回そうとするレオンハルト様。その右手は血で濡れていた。

「よくありません！　あなたが死んで誰が救われますか。あなたがいなくなったら、門閥貴族たちが好きなようにエカベトを支配していくのは目に見えている。帝国の腐敗も進む一方です」

血で濡れた手を肩から外させ、両手で握る。レオンハルト様のアンバーの瞳がまっすぐに私を見ていた。

「あなたにとって酷なこととはわかっていますが、あなたの手で、この国とエカベトを、いい方向に変えていきましょう」

「ルカ、なにを……俺には荷が重すぎる」

視線を外そうとしたレオンハルト様の頬を包み、こちらに向けさせた。彼の頬に、血の痕がつく。

「ひとりでは無理です。でも、私が補佐をしますから。それにあなたには市民がついている。頼もしい仲間もたくさんいるじゃないですか」

結局、あなたが望むようなのんびりした人生は送れなそうだ。でも、多くの人を争いのない世界へ導くことはできる。きっとそれが、あなたに与えられた使命だから。

「これ以上、あなたと同じ思いをする子供を増やさないためにも。私たちがやるべきことは、たくさんあるはずです！」

たとえその航路が、困難と制約の多い、複雑な海域ばかりだったとしても。私たちは行かなきゃいけない。これから生きる人々のために。

レオンハルト様の隣から、一歩踏み出した。渾身《こんしん》の力でクリストフの懐に飛び込む。

「くっ」

バランスを崩したクリストフが、トルステン陛下から手を放した。私は突き飛ばされ、転びながらバルコニーの手すりに背中を打ちつける。覆い被さるように、ふらふらしたトルステン陛下が倒れ込んできた。

「いたたっ」

「ルカ！」

呼ばれてハッと目を開ける。トルステン陛下の肩越しに、怒りに満ちたクリストフの顔が見えた。その銃口が自分の額に向けられている。

「させるかっ！」

レオンハルト様の声が響く。彼はいつの間にか腰を低くし、足元に放り投げてあった槍をつかんでいた。

「わかったよ。誰もやるやつがいないなら、俺が戦ってやる！　俺がこの国を守る！」

クリストフがレオンハルト様に銃口を向け直す。その引き金が引かれるより早く、レオンハルト様が立ち上がると同時に、片手で持った槍を力いっぱい突き出した。

銃声が響いたのと、槍の切っ先がクリストフの肩を貫いたのが同時だった。

弾丸はレオンハルト様の頬を掠めただけで、空へ力なく姿を消す。

「くっ……」

悲鳴を噛み殺し、ぐらりと揺れるクリストフ。
刺された右の肩口がみるみるうちに血で濡れ、染みが広がっていく。力を失ってい
く手から離れた銃が、足元で重い音を響かせた。
「もはやここまでか……」
悔しさをにじませた声で呟くと、クリストフは膝から地面に崩れ落ち、うつ伏せに
倒れた。肩に刺さっていた槍の柄《え》が、その衝撃で折れた。
からんからんと柄が転がる音に被さるように、下の広場からどよめきが起きた。
「ヴェルナー元帥、万歳！」
国家の敵を倒したレオンハルト様に、拍手を送る市民たち。その顔は希望に輝いて
いたけど、バルコニーの上では重々しい空気が漂っていた。
「あたた……本当に、どうもありがとう、ヴェルナー元帥。皆さん。命拾いしたよ」
トルステン陛下が、やっとライナーさんとベルツ参謀長に体を起こされ、私もレオ
ンハルト様の手を借りて起き上がる。陛下の砕けた口調は、皇帝というより本物の学
者のよう。
「レオンハルト様……」
銃弾が掠めた傷をハンカチで縛ると、レオンハルト様は痛みで顔をしかめ、倒れた

クリストフを見つめた。かと思うと、すぐに目を伏せ、首を横に振った。

彼だって、かつての仲間を殺したいわけじゃなかっただろう。でも、他にどうしようもなかった。

「全く、無茶しやがって」

レオンハルト様はまぶたを開けると、私の頭をくしゃくしゃとなでて苦笑した。

「さて、皇帝陛下。彼らに命令を出してください。内乱をやめ、すぐに帝都の消火活動に向かうように、と」

本来なら、このような言葉遣いが許されるはずもない。だけど、こうしている間にも火は燃え広がってしまう。

「ああ……いや、その命令はそなたが出してくれ」

トルステン陛下は、ずれたメガネを直しながら、打ちつけたのだろう腰をさすった。人質にされたストレスからか、顔色が悪い。深呼吸をして息を整えつつ、彼は言った。

「今回のことで、皇室がいかに市民から反感を受けているか実感した。門閥貴族の言いなりになってきたことが間違いのようだ」

陛下がバルコニーから顔をのぞかせると、市民がざわついた。新皇帝が生き残ったというのに、あまり嬉しくなさそう。トルステン陛下は苦笑して、顔を引っ込めた。

「ほら。今まで市民に無関心だった皇族や貴族が彼らの信頼を回復するのは難しい。もはや彼らがついていく気があるのはそなただけだ、ヴェルナー元帥」

名前を呼ばれ、レオンハルト様がぴっと背を伸ばす。その顔には複雑な表情が浮かんでいた。

「皆の者。余はここに宣言する。今日このときを限りに、皇帝の位を辞そう」

再び顔を出した皇帝の言葉に驚いた市民たちは、どよめく。私たちは、陛下の次の言葉を待った。

「新皇帝には、ここにいるレオンハルト・ヴェルナーを任命する。異存のある者はいるか?」

穏やかな物言いのトルステン陛下の言葉をじっと聞いていた市民たち。一拍置いてから、空の雲を押し上げるほどの大歓声があがった。

「異存なんてあるものか!」

「ヴェルナー元帥……いや、レオンハルト皇帝陛下、万歳!」

信じられない事態に、言葉が出ない。さすがのレオンハルト様も、すぐにはリアクションが取れないようだった。何度も瞬きし、呼吸を整え、彼は言った。

「恐れ多くも申し上げます、皇帝陛下。私は貴族出身でもなく……そもそも簒奪《さんだつ》以外に皇族以外の者が皇位に就くなど、前例もありません」

　かなり遠回しに、皇帝陛下の申し出を断ろうとしているレオンハルト様。『冗談だ』と言われるのを待っているみたい。それなのに、トルステン陛下はごく真面目な顔で言い放った。

「この歓声が聞こえぬか。時代がそなたを求めている」

　広場は市民の歓声で溢れ返っている。でもまさか、本当にレオンハルト様が皇帝の座に就くなんて。

「歴史学者として、これほど名誉なことはない。新たな皇帝誕生の瞬間に立ち会えるのだから。美しく強い不敗の軍神、レオンハルト・ヴェルナー皇帝。この市民の声に応えるのだ」

　男性にしては高く細い声でも、言葉ははっきりとしていた。レオンハルト様のアンバーの瞳が揺らぐ。

「皇帝陛下……」

「古い慣習も貴族制も、そなたが全て自分のいいように変えてしまえばいい。余は新しい時代の訪れを、遠くから観察させてもらうとしよう」

　戸惑うレオンハルト様の肩を、ぽんと叩く。それを帝位がバトンタッチされた瞬間だと受け取ったのか、市民たちからひと際大きな声と拍手が巻き起こった。

「……さすがに、これを裏切るのは気が引けるんじゃねえか？　レオンハルト」

ライナーさんとベルツ参謀長が、レオンハルト様に微笑みかける。

「それに、レオンハルト様も言っていたじゃないですか。『この国は俺が守る！』って。みんな聞いていましたよ」

私までそう言うと、レオンハルト様は深くため息をついた。そして前髪をかき上げ、閉じていたまぶたを開く。アンバーの瞳が、日の光を浴びて黄金色に輝いた。

「そうだったな。では、謹んでお受けいたしましょう」

覚悟を決めて笑うレオンハルト様に、トルステン陛下が自らのマントを脱いで手渡す。レオンハルト様が、ごく普通のシャツの上にそれを羽織った。

バルコニーの手すりギリギリに現れた、マントを羽織った彼の姿に、市民やヴェルナー艦隊が熱狂する。呆然と立ちすくんでいるのは憲兵隊と貴族軍だ。大騒ぎになった広場に向かい、レオンハルト様が大きく息を吸った。

「なにをぼーっと突っ立っている！　こんなところで騒いでいる暇があるなら、さっさと消火活動に向かえ！」

その言葉に、我に返る市民たち。

そうだ、ちんたらしていたら帝都が焼け野原になってしまう。

「新皇帝陛下のご命令だ！」

「みんなで帝都を守れーっ」

勢いづいた市民に押し流され、憲兵隊たちも貴族軍も、みんな広場から市街の方へ向かっていく。

「さあ、俺たちも行くか」

命令を出したレオンハルト様は、先陣を切って階下に行こうとバルコニーから部屋の中へ。

「えっ、レオンハルト様はこれから、いろいろな手続きがあるのでは？」

慌ててあとを追うと、彼は振り返って笑った。

「俺が下の者に任せて修羅場を傍観していたことが、一度でもあったか？」

……ありませんね。

私とライナーさん、ベルツ参謀長が顔を見合わせて笑った。

こうして、アルバトゥス帝国に型破りな新皇帝が誕生したのだった。


——一ヵ月後。

トルステン皇帝陛下の退位宣言は、玉璽《ぎょくじ》を押してすぐ公布されてしまい、門閥貴族たちは泣き崩れたという。けれど、一週間が経っても直接的な攻撃や嫌がらせはなかった。

「クリストフのテロのおかげで、皇族や貴族も目を覚ました……というか、諦めたんだろう。市民を怒らせたら怖いってことだ」

ちなみにエカベト国王は、アドルフさんが無事に救出した。今は皇居内の空いている部屋で暮らしてもらっている。クリストフの件を知り、心を痛めていた。

少し落ち着いたら、国王にエカベトへ帰ってもらう予定。あっちに駐留している帝国軍に見張られることにはなるけれど、住み慣れた土地の方がいいと国王自身が希望したので、レオンハルト様がそれを受け入れた。ついでにクリストフの遺骨を本国に返してやるという。彼なりの罪滅ぼしのつもりだろう。

さて、新皇帝になったレオンハルト様だけど……なかなか自分が国の最高権力者となる実感が湧かないらしい。戦場で数々の勝利を収めてきた彼だけど、国の政治となると勝手が違うだろうということは理解できる。

「大丈夫ですよ。レオンハルト様には仲間もいますし、優秀な副官がついていますからね」

皇居への引越しの準備に取りかかったレオンハルト様の邸宅で、彼のためにワインを居間に運ぶ。喉が渇いていたらしい彼は、一気にそれを飲み干した。

私はいまだ、男装をしていた。レオンハルト様の身の回りの世話をするには、こっちの方が動きやすいからだ。

「優秀な副官って、お前のことか？」

「他に誰がいますか」

本気で言っているのに、レオンハルト様は笑った。幼い子供に対するようなゆっくりした口調で彼は言う。

「あのな、ルカ。俺が皇帝になったら、お前はもう副官じゃない」

「え……」

やっぱり私じゃ、一国の皇帝の補佐役としては不十分なのかな。

しゅんとしてしまうと、レオンハルト様が立ち上がった。

ゆっくりと私の前に立った彼が、私の髪を束ねていた紐を解いた。亜麻色の髪が肩にさらりと広がった。

「お前は皇妃になるんだよ、ルカ」

皇妃。その言葉を頭の中で反芻《はんすう》する。皇妃といえば皇帝の妻。レオンハルト様の、妻に……。

とくんとくん、と胸が躍り始める。

「まさか忘れてはいないよな、俺との約束を」

「当たり前です。でも、バタバタしていたから……」

レオンハルト様の花嫁になることは、最初に純潔を捧《ささ》げたときからずっと考えてきた。けれど国に帰ってきてから父上の反対に遭い、無実の罪で逮捕されて、すぐ釈放かと思ったら今度はレオンハルト様が皇帝に。

彼の補佐役として準備に邁進《まいしん》し、事務処理に追われていて、自分のことはすっかり後回しになっていた。

「全く考えなかったわけではないですけど……皇妃という言葉はピンときません。私が、それほど大層な存在になれるでしょうか」

「嫌なのか？」

問われて、ぶるぶると首を横に振る。

「あなたの花嫁になれることは嬉しいです。ただ、皇妃という立場になると、私でいいのかなって……」

男として生きてきたからか、私には優雅さが足りない。歌もダンスも苦手だし、ピアノも全く弾けやしない。

料理もできないし、化粧の仕方も知らない。その代わりに学んできたのは射撃や戦術だったんだもの。

そして、男装して先帝を欺いていた罪はまだ裁かれていないけど、なくなってもいない。そんな私が市民に認めてもらえるかわからない。

「お前な。俺に言っただろ。みんながそばにいるって」

レオンハルト様が私の肩に手を置く。それは大きくて、とても温かい。

「俺はお前がそばにいてくれると安心する。お前の存在が、俺がひとりでなにもかも背負い込むことはないんだって思わせてくれる」

アンバーの瞳が、暖炉の火を反射してオレンジ色に光る。それは海に溶けていく夕日を連想させた。

「お前には俺がいる。お前に皇妃としての責任をひとりで背負わせることはしない」

彼のひとことひとことが胸に染みる。泣きそうになった私に、レオンハルト様が追い打ちをかけた。

「ルカ。これからも一緒に歩んでいこう」

低い声の一滴が胸の水面に落ちて、波紋を描く。その美しさが感情の堤防を決壊させた。

「はい」

ぽろぽろと涙が零れ落ちる。それを拭いながら必死にうなずく私を、そっとレオンハルト様が抱きしめた。

こうして私は初恋の人の花嫁になると同時に、皇妃になることが決まったのだった。


——それから二ヵ月後。

私が初めてヴェルナー艦隊の一員として乗った戦艦のデッキから、レオンハルト様が港に集まった市民に向かって手を振る。

熱狂と歓喜があちこちに咲き乱れた。それはエカベトから凱旋《がいせん》したときの状況を想起させ、自然と頬が緩んだ。

今日のレオンハルト様は頭上に冠を戴き、いつもの軍服の上に皇帝の証《あかし》であるマントを羽織って、杖を持っている。その姿は近年のどの皇帝よりも神々《こうごう》しく、見る者を圧倒する。

その隣に立つ私は、純白のウエディングドレス。頭の上には白銀のティアラ。長いベールが背中に流れている。肩から袖はレースでできていて、左腕の傷を隠してくれる。膨らみすぎないスカートの裾には銀色の糸で刺繍がしてあった。

私たちが結婚式場に選んだのは堅苦しい宮殿ではなく、仲間と共に過ごした船の上。独特のにおいがする潮風がドレスの裾を揺らす。

司祭の簡単な祈りの言葉のあと、指輪を交換し、軽いキスを交わす。すると参列していたヴェルナー艦隊のクルーだった兵士たちから、歓声と拍手が沸き起こった。

兵士たちに守られるように立っているのは、レオンハルト様のお母様。短い髪で丸顔の優しそうなお母様は、質素な衣装でにこにこと笑っている。

『レオンハルトをよろしくお願いします。あなたのような聡明《そうめい》な娘さんがお嫁さんになってくれるなんて、嬉しい限りです』と、帝都に着いたお母様を迎えに行ったときに挨拶をしてくれた。私は感動して、また泣きそうになってしまった。

私を男として育てた父上も、皇帝となったレオンハルト様からの求婚は断れず、とうとう了承した。

ちなみに、男装して軍に所属し、先皇帝を欺いていたという私と父上の罪は、不問に付された。

私がクリストフに飛びかかったり、レオンハルト様を説得したりするところを見ていた市民たちが、『ルカ・クローゼ中佐しか、レオンハルト皇帝の妃にふさわしい者はいない』と熱望する声をあげてくれたためだ。

また、航海中に私の副官としての働きや、敵から身を挺してレオンハルト様を守ったところを間近で見ていたヴェルナー艦隊のみんなが、『ルカ・クローゼ中佐こそ、アルバトゥスを勝利に導いた女神だ』と主張してくれた。しかも、罪を不問にし、皇妃の座に就けるように求め、市民と共に膨大な数の署名も集めてくれた。

こうした市民やヴェルナー艦隊の声に、貴族や軍の高官たちが折れた。こうして私はめでたくレオンハルト様の妃になることができたのだった。

同じように、父上も『クローゼ元帥閣下が娘を軍に入れていたのは、ひとえに帝国を守らんがためである』とされ、『彼が娘をレオンハルト皇帝の副官にしたおかげで、レオンハルト皇帝の命が助けられた。彼も帝国の英雄だ』とまで言われている。

男装することでずっと悩んできた私は、父上にとって都合のよすぎる展開になったことに、非常に複雑な心境になる。

でも、結局は家族だもの。私と父上の罪を許し、さらに皇妃にまで望んでくれた市民たちには感謝しかない。

父上は、息子を失うということに少し寂しさがあったらしいけど、姉上たちが慰めてくれたと聞いた。クローゼ家は甥《おい》の誰かが継ぐことになるだろう。

式を終えて、市民たちから見える船べりに移動するときに見えた父上は、目に涙を浮かべていた。

その横で母上と姉上たちが笑顔で、カゴに入った花びらを投げてくれる。

ライナーさんは相変わらず大好きなお酒を浴びるように飲み、レオンハルト様に絡もうとして部下たちに止められていた。アドルフさんもベルツ参謀長も笑顔で拍手をしてくれている。

彼らと同じ軍服を着て、この船の中で生活していたことがまるで夢のように思える。軍服を脱ぎ捨てて皇妃となった私は、もう彼らと船に乗って戦場に出ることはない。

そう思うと寂しさが込み上げた。

明るいみんながいたから、あのつらい航海から脱落せずに済んだんだ。

「幸せにな！」

ライナーさんが酒瓶を掲げる。

「綺麗だよ、ルカ」

アドルフさんが笑顔で花びらを投げる。その隣でベルツ参謀長は静かに涙を流し、若奥様にハンカチで目元を拭いてもらっていた。

「これからもよろしくな」

皇帝となっても偉そうにならず、一切変わらないレオンハルト様はみんなにそう挨拶した。

彼は今までの皇帝とは違い、また戦いが起きるようなことがあれば、自ら最前線に立って艦隊を指揮することだろう。

そうなっても、そばにはこの心強い仲間たちがいる。その事実は私の心の負担を大きく軽減してくれた。


――夜まで続いた宴会のあと、私たちはようやく宮殿へ戻った。

王冠やティアラ、杖にマントなどの大げさな衣装を脱ぎ捨て、広い寝室のベッドに同時になだれ込む。

見慣れた海軍の軍服を着たレオンハルト様と、ドレスのままの私を見かね、身の回りの世話をする役割の侍女が声をかけてきた。

「お召し替えをお手伝いいたしましょうか？」

けれどレオンハルト様は、起き上がって首を横に振る。

「いや、自分たちでできる。きみたちも今日は疲れただろ。早く休むといい」

およそ皇帝らしくないレオンハルト様の言い方に怪訝な顔をしつつ、侍女たちは着替えだけを置いて部屋を出ていった。

「疲れましたね、陛下」

「その呼び方はよしてくれ。お前の前ではただの夫でいたい」

レオンハルト様の心地いい声を聞きながら、眠ってしまいそう……。

ベッドの上でうつ伏せになっていると、背中に違和感を覚えた。

「あっ」

首だけ曲げて後ろを見ると、レオンハルト様の手が、私のドレスを脱がそうとしていた。

たしかに、自分たちで着替えるとは言ったけど、レオンハルト様に脱がせられるとは聞いていない。

「脱がすのも惜しいが、せっかくのドレスを汚すといけない」

「な、な、なにを」

「今日のお前はとても綺麗だ。軍服を無理やり脱がせるのも、それはそれでよかった。しかし、今日のドレス姿は格別だ」

そう言いながら、器用にウエディングドレスと、その下のコルセットを外していくレオンハルト様。素肌がシルクのシーツの冷たさに反応し、背中が震える。

「なあ、今の俺にとって一番大きな仕事はなんだと思う？」

「え？」

いきなりなんだろう。結っていた髪を解かれながら考える。

「貴族階級の特権を整理すること？」

「それも大事だが、違う」

「じゃあ、議会を開くこと。市民の代表を議員にして、話し合いを……」

「それはもう少し国内が落ち着いてからだな」

それ以外になにがあるだろう。一生懸命に頭を回転させて唸っていると、レオンハルト様がくすりと笑った。

「本当に真面目だな。真面目がドレスを着て歩いているようなもんだ」

「へ？」

「正解は、子供を作ること。新しいヴェルナー王朝も、子がいない間に俺が死んだら、あっさり一代で終わってしまう」

想像もしたくないことだけど、レオンハルト様がもし急逝でもしたら、帝国は大混乱するだろう。たしかにヴェルナー王朝を維持するためには、嫡出子の出生は不可欠かと思われる。

ふむふむとうなずくと、レオンハルト様はにやりと笑った。獲物を見つけた肉食獣のように見える顔で。

「というわけで」

耳元に唇を寄せ、熱い息で囁く。彼の声が鼓膜を叩くと、ぞくぞくと体が震えた。決して嫌悪の震えではなく、快感を教え込まれた私の体が、これから起きることを期待している。恥ずかしいけれど、それが本当の私だ。

「やっと本当のお前に戻ったな。これからは女性として、たっぷり愛してやる」

息がかかった胸の端が震える。シーツをつかむ私の唇に、即位したばかりの皇帝がキスをした。


軍服を着ていた頃は、胸の膨らみも腰のくびれもいらないと思っていた。ひと月ごとにある生理現象も、忌々しいものにしか思えなかった。

自分の本当の気持ちを偽り、父上に強制されたレールを歩んできたのは、反抗する気力もなかったから。

私の人生は、ずっと偽りで塗り固められていくんだという諦めが、いつも胸の中に巣食っていたから。

そんな私を、ありのままで受け入れてくれたレオンハルト様。

戦争が嫌いなはずなのに数々の武勲を誇り、不敗の軍神と崇められる、矛盾に満ちた彼。

彼と一緒にいるうち、私は再び恋に落ちた。初対面のときから、一年以上もかけて。

「レオンハルト様……」

私は、待っていたの。ずっと、ずっと。あなたが、本当の私を迎えに来てくれるのを……。

「あなたを愛しています」

告白する声が掠れた。レオンハルト様はアンバーの瞳を細めて微笑むと、無数のキスの雨を降らせる。

「やっとお前から言ってくれたな」

私は激しい海の波に翻弄されるように、レオンハルト様の熱に溺れた。

「愛してるよ、ルカ。軍服のお前も、ドレスのお前も。可愛い可愛い俺の花嫁」

甘い言葉と口づけが、心の芯まで溶かしていく。

しがみついたレオンハルト様の肩越しに、シャンデリアの光が涙に反射して、長く伸びて見えた。

それは、水平線に沈んでいく太陽と海のように溶け合ってひとつになった私たちを、星々が照らしているような錯覚をもたらした。


全く新しい時代が、私たちに訪れる。

皇帝の常識を覆し、あなたはまた海に出るだろう。そのときは私もこっそりついていってしまおうか。

どんな荒波がふたりを襲っても、一緒ならきっと乗り越えられるはず。

あなたが私を幸せに導いて。

あなたが道に迷うときは、私が星となってあなたを照らすから。

さあ、出航のときが来ました。

皇帝陛下、私とあなたの新たな航海の始まりです――。

特別書き下ろし番外編　可愛いひと

最近、俺は気になることがある。

隣を見ると、数日前にヴェルナー艦隊の仲間入りをしたルカ・クローゼ少佐が、難しい顔で書類とにらめっこしている。

今までのヴェルナー艦隊の経理は、どんぶり勘定もいいところで、ルカに言わせれば無駄遣いが多すぎるらしい。

ルカは『ここが一番静かなので』と、俺の執務室の小さなテーブルに向かっている。

俺の部下たちはそんなに騒がしいか。

「おい、ルカ。喉が渇いたな。ちょっとばかり腹も減った」

ルカとは別の、俺専用の机から声をかけると、彼はじっとこちらをにらむように見つめ、嘆息して立ち上がった。

生意気なヘイゼルの瞳が『それくらい自分でやれ』と訴えている。けれど結局文句を言わず、彼は炊事場に向かう。

そして五分後、帰ってきたルカが俺の前にワインとパンとチーズを置く。彼が副官に就任してから初めて、俺が『喉が渇いた』と言ったとき。ルカはさっとその場からいなくなり、すぐにワインを持って戻ってきた。誰に聞いたのか、俺が好きな種類のパンとチーズも一緒に。

「うん、うまい」

以前の副官は、『喉が渇いた』と言えば、『夏ですからねえ』と返答したものだ。結局、面倒くさかったんだろう。艦隊運営に関しては申し分のないやつだったが、俺の身の回りの世話という点では気が利かなかった。

ルカが来てからというもの、俺の洗濯物はいつもシワが寄らないように干されているし、汚れも残っていない。執務室も清潔で、山積みの書類は急いで処理しなければならないものとそうでないものに、いつの間にか分けられている。

どうしてこいつは、こんなに気が利くのだろう？　高貴な家の生まれだからか？

彼は陸軍元帥クローゼ閣下の長男。その家系は古くから存続する貴族の大家である。聞くところによると、士官学校時代の射撃の成績はまあまあよかったという。けれど彼はクローゼ元帥の秘書的な立場で、後方勤務に当たっていた。前線に出されないのは、事務官として有能だからかもしれない。

「それはようございました」

そっけなく言うと、ルカはぷいっと顔を背ける。そのまま自分の仕事に戻ってひとことも話さなくなった。どうやら俺は、彼に嫌われているらしい。

まあ、無理やりこの航海に連れてこられたんだもんな。

ルカを俺の副官にしたのには、理由がある。ひとつはクローゼ元帥の人となりを知りたかったから。惚《ほ》れた女性の父親が、自分の息子にだけ後方勤務をさせて危険を回避するような男ではないと信じたかった。その点、クローゼ元帥は俺の期待を裏切ることはなかった。

もうひとつは、ルカからエルザ嬢の情報を仕入れたかったから。エルザ嬢が好いている男はいないのか、趣味はなにか、好きな食べ物は……などなど。

しかしルカの態度は一向に軟化せず、エルザ嬢の話題は出せずにいた。いずれ義理の弟となるルカに、軽薄な上官だと思われたくないという意思も働いている。

それにしても。

経理の調べ物が終わったのか、書類を置いて、厚い書物に手を伸ばしたルカ。

そのページをめくる指は、まるで白魚のよう。長いまつげが滑らかな頬に影を落としている。

うん、今日も可愛いな。俺の義弟、無駄に可愛いぞ。

男にしてはやけに華奢で、顔が小さく色白なルカ。その女性のような容姿にかかわらず、存外性格は男らしい。

曲がったことが嫌いで責任感が強い。ときどき生意気。そして……いつもなにかを隠しているような目をしている。

ひとことで表せば、ミステリアスとでもいうのだろうか。他のやつらからも、ルカが服を脱ぐのを見たことがないとか、眠るときはいつも壁際だとか、誰とも仲よくなる気はないようだとか聞いたことがある。

幼年学校ではないのだから、兵士たちと仲よしこよしをする必要はない。けれどルカは自分から他人を避けているようだった。自分に深入りされるのを拒絶しているようにも見える。

不思議可愛いやつ。

面白いので、羽根ペンを持って仕事をするフリをして、ルカを観察していた。するとルカが書物に向かって唸り始めた。

「なにを読んでいるんだ？」

尋ねると、ルカは返事の代わりに書物の背表紙をこちらに向けた。その眉間には三本のシワが刻まれている。

「『帝国海軍の歴史』か」

「この作者、考えが偏っているようで……過去の海戦の状況がとてもわかりにくいんです」

なるほど。いきなり海軍に入れられてしまったから、ルカなりに周りに追いつこうとして必死に勉強しているのか。

「歴史書なら、後ろの書棚に何冊かあるが」

椅子から立ち上がり、腰を伸ばす。背後には少しだが、暇潰し用の書物が並んでいる。その列を眺めていると、後ろからルカが近づいてきた。

「どれでも貸してやるよ。どれがいい？」

「エカベト側の視点も書かれているものがいいです」

「それなら、あれがいい」

書棚の一番上を指差すと、ルカは眉をひそめた。一番上の段は、俺の頭よりも高いところにある。

「取ってやろうか」

とはいえ、俺でも踏み台がなければ難しいが。

「けっこうです。自分で」

上官の手を煩わせてはいけないと思うのか、真面目な副官は、今まで自分が座っていた椅子を持ってきた。靴を脱いでそれに上がると、目当ての書物を目指していっぱいに手を伸ばす。

「うう〜ん」

それでも手は届かない。顔を赤くして手を伸ばすルカを下から見ていると、思わず笑いそうになってしまう。

か、可愛い……。

「お前、チビだからな。交代しろよ」

男性にしては小柄なルカにそう言うと、彼は手を下ろしてキッとこちらをにらむ。

「チビは余計ですっ！」

ああ。やってしまった。こいつ、外見が女性っぽいのを気にしているのか、そういうことを言うとすぐ怒るんだよな。別にチビが悪いなんて言っていないのに。

ルカは、ふんと鼻を鳴らすと、今度は手だけじゃなく、つま先立ちで再トライ。

あーあ、危ないなあ……。

口出しすると高確率で怒りだしそうなので、黙って見守る。すると、ついにルカの指が書物の間にかかった。引き抜けば取り出せる。そう思ったが……。

「きゃっ」

ルカが小さな悲鳴をあげた。その滑らかな足元がバランスを崩し、椅子の上で滑る。

「おい！」

咄嗟に手を伸ばすと、ルカが背中から俺の胸に飛び込んできた。

反射的に抱きしめた体は予想より一層細く、柔らかだった。ちょうど目に入るところにあるうなじは、陶器のように白い。思わず顔を寄せると、花に似た甘い香りが鼻孔をくすぐる。

香水というわけではない。これは、ルカ自身が発するにおいか。

くんくんと嗅いでいると、腕の中でルカがもがいた。

「レレレレ、レオンハルト様、手を放してください！」

「ああ、悪い」

パッと解放すると、ルカは逃げるように俺から離れた。

俺、今なにをしていたんだろう。無意識とはいえ、男のうなじのにおいを嗅いでしまった。

でも、まあ……ルカだしな。男色の気は全くないけど、ルカならアリ。そう言ったらまた怒るだろうな。

壁際に張りついて、こちらをにらむルカ。

俺は転がった椅子をもとに戻し、その上に乗った。目当ての書物はすぐに取り出すことができた。

「ほら。これだろ」

最初から俺に甘えればよかったのに。

書物を差し出すと、ルカは小さな声で「どうも」と言った。大きく分厚い本を両腕で抱えるようにして持っている。

その持ち方、女子か。

俺は笑いを堪え、机に戻った。ルカは赤い顔でしばらく書物に視線を落としていた。


それから一ヵ月後。

エカベトを陥落し、帝国に帰る船の中で、ルカはまた本を読んでいる。

俺はとっくにルカが女だと知っているのだけど、周りはそうではない。彼女は父親の呪縛が解けきっておらず、いまだ軍服に身を包んでいた。

まあ、こんな男だらけの戦艦で女装に戻る術もないか。

「……なにか？」

想いが通じ合ってからも相変わらず生意気で、真面目なルカ。俺の視線に気づいて顔を上げた。

どうしてもっと早くルカが女性だと気づかなかったのか、自分でも不思議だ。こんなに可愛いのに。

でもまさか、一年前から想い続けていた女性が男装をしているなんて、思わなかったんだ。

「可愛いなと思って見てた」

微笑みを作って答えると、照れたルカは、ぺんっと本を閉じる。

「仕事をしてください。もうすぐ帝国に着くんですよ。報告書、できたんですか?」

ルカはもちろん自分の仕事を終わらせている。だから本を読んでいるのだ。

俺は自分の机の上を見つめる。報告書はあらかたでき上がってはいる。完成はしていないけど。

「俺はデスクワークに向いていないらしい。代わってくれよ、ルカ」

「途中で筆跡が変わったら、すぐバレますよ。おやつと飲み物を持ってきますから、さっさと仕上げちゃってください」

俺もそうする気なんだが、いかんせんお前が視界に入ると、集中できなくなってしまうんだ。

「食べ物はいい」

立ち上がって部屋を出ていこうとするルカを制止し、自分も腰を上げる。扉の前で振り向くルカを、自分の両手で柵をして閉じ込めた。

「な、なんですか」

困惑顔でこちらをにらむルカ。

「他のどんなものより、お前が欲しい」

生意気そうな尖《とが》ったあごを捕まえ、強引にキスをする。口を塞いだまま、ルカの軍服に手をかけた。

「ちょ、昼間からなにするんですか！」

なにをされるかなんて、自分が一番よくわかっているはずなのに、口を離した瞬間に真っ赤な顔でわざわざ聞いてくる。

俺は返事もせずに、ルカの濡れて光る唇を再度塞いだ。

帝国に着いたら、しばらくは戦争の後処理で忙しい。家も別々だし、こうしていられる時間は減ってしまうだろう。だから、今のうちに。

抵抗する相手の軍服を脱がすというのは、なかなか難しい。けれど何度もキスを繰り返すうち、ルカの体からだんだんと力が抜けていく。

口を解放してやると、ルカはとろんとした目でこっちを見ていた。軍服とシャツのボタンをいくつか適当に外し、隙間から手を忍び込ませると、彼女はハッとした顔で抗議しだした。

「いけません。誰かに気づかれたら……」

ルカの背中は扉に張りついている。当然その向こうには廊下があるわけで、俺に用事がある兵士がいつ訪ねてくるかわからない。

それでも俺はルカの背中に手を伸ばし、扉の鍵をかけた。

「あまり大きな声を出すなよ」

ニッと笑いかけてやると、ルカは口をへの字に曲げた。その手はすでに抵抗力を失っていた。

彼女の体を反転させ、後ろ向きにする。

脱がせた軍服から、白い肩と背中がのぞいた。手で包んだ胸の柔らかさと弾力を楽しみながら、俺を守るために負った傷痕にキスをする。その瞬間にルカが大きく体を震わせた。

これからもずっと、可愛がってやるから覚悟しておけ。

俺がお前に女としての幸せを与えてやるから。

必死に声を堪えるルカを抱きしめる。彼女はやはり柔らかく、いいにおいがして、そして温かかった。

この温かさが、戦いばかりですさんだ俺の心を救ってくれているのを、ルカ自身は気づいていない。

気づかなくていい。ただ、これからもずっと、俺の腕の中でルカが幸せでいられるように。

そう願いながら、熱くなっていくルカの体を一層強く抱きしめた。

END

あとがき

こんにちは。真彩 -mahya- です。初めての方は、はじめまして。そうでない方は、また お会いできて嬉しいです。どちら様もありがとうございます。

気づけば、この作品で自身のベリーズ文庫五冊目となりました。ファンタジージャンルでは二作目となります。

今回の舞台は海。中世西洋風の艦隊をイメージして書いていましたが、実は原案では、レオンハルトは宇宙艦隊の提督でした。

SFを読むのが好きなので書いてみたかったというのもありましたが、多少間違ったことを書いても大丈夫じゃないか、という不純な動機も含まれていました。宇宙艦隊は誰も見たことがないので、ビームでも空間移動でもなんでもありでしょ?と。

結局、小説サイト『Berry's Cafe』に公開するにあたり、『ベリカフェ読者さんは宇宙艦隊、読みたいか?』と我に返り、めでたくレオンハルトは地球上の海軍元帥になれたわけです。結果、サイトで完結してからはたくさんの方に読んでいただけました。

宇宙艦隊のまま突き進んでいたら、こうして書籍として皆様の目に触れる日は来なかったかもしれませんね。

舞台を宇宙にはできませんでしたが、他の設定では好きなものを詰め込むことができました。軍服のイケメン元帥閣下と男装の美女。戦艦同士の戦い。渋い参謀長。『逃げ場のない艦内で迫られて困る男装美女が読みたい！』という自分の欲望を自分で叶えた結果、最後まで楽しんで書くことができました。

特に、ヒロインに常に男装をさせるというのは、現代ものではなかなかできません。ファンタジーでしかできない設定をここぞとばかりに楽しんでいただけたら、読者の皆様がいろいろと妄想を広げてくださっていたら、嬉しいです。

最後になりましたが、編集をしてくださった三好様、矢郷様。華麗なカバーイラストを描いてくださった弓槻みあ様。この作品に関わってくださった全ての方々にお礼申し上げます。

そして、この作品を読んでくださった読者の皆様に心からの感謝を。また他の作品でお会いできることを願っています。

そのときまで、どうか皆様お元気で！

二〇一八年五月吉日　真彩《まあや》 -mahya-

真彩 -mahya- 先生への
ファンレターのあて先

〒104-0031
東京都中央区京橋1-3-1
八重洲口大栄ビル7F
スターツ出版株式会社　書籍編集部　気付

真彩 -mahya- 先生

本書へのご意見をお聞かせください

お買い上げいただき、ありがとうございます。
今後の編集の参考にさせていただきますので、
アンケートにお答えいただければ幸いです。

下記URLまたはQRコードから
アンケートページへお入りください。
http://www.berrys-cafe.jp/static/etc/bb

元帥閣下は勲章よりも男装花嫁を所望する

2018年5月10日　初版第1刷発行

著　　者　真彩 -mahya-
©mahya 2018

発 行 人　松島 滋

デザイン　カバー　菅野涼子（説話社）
フォーマット　hive & co.,ltd.

校　　正　株式会社　文字工房燦光

編集協力　矢郷真裕子

編　　集　三好技知（説話社）

発 行 所　スターツ出版株式会社
〒104-0031
東京都中央区京橋1-3-1　八重洲口大栄ビル7F
TEL　販売部　03-6202-0386（ご注文等に関するお問い合わせ）
URL　http://starts-pub.jp/

印 刷 所　大日本印刷株式会社

Printed in Japan

乱丁・落丁などの不良品はお取替えいたします。
上記販売部までお問い合わせください。
定価はカバーに記載されています。

ISBN 978-4-8137-0457-7　C0193

電子書籍限定

恋にはいろんな色がある。

マカロン文庫 大人気発売中！

通勤中やお休み前のちょっとした時間に楽しめる電子書籍レーベル『マカロン文庫』より、毎月続々と新刊発売中！　大好きな人に溺愛されるようなハッピーな恋から、なにげない日常に幸せを感じるほのぼのした恋、届かない想いに胸が苦しくなる切ない恋まで、そのときの気分にピッタリな恋が見つかるはず。

［話題の人気作品］

「お前の全部を愛してやる」――エリート上司と秘密のオフィスラブ

『百花繚乱 社内ラブカルテット』

水守恵蓮・著　定価：本体500円＋税

「俺の妻になれ」――イケメン御曹司にさらわれ、いきなり同居!?

『クールな御曹司にさらわれました』

砂川雨路・著　定価：本体500円＋税

「思いっきり甘えろよ」――エリート社長からの甘く濃厚な溺愛！

『溺甘副社長にひとり占めされてます』

真崎奈南・著　定価：本体400円＋税

漆黒の騎士の燃え滾る恋情に、聖乙女は身も心も翻弄されて…。

『漆黒の騎士の燃え滾る恋慕』

蛙月・著　定価：本体400円＋税

各電子書店で販売中

電子書店パピレス　honto　amazonkindle　BookLive!　Rakuten kobo　どこでも読書

詳しくは、ベリーズカフェをチェック！

小説サイト Berry's Cafe

http://www.berrys-cafe.jp

マカロン文庫編集部のTwitterをフォローしよう

@Macaron_edit 毎月の新刊情報をつぶやきます♪

ベリーズ文庫
2018年4月発売

書店店頭にご希望の本がない場合は、
書店にてご注文いただけます。

『副社長のイジワルな溺愛』

北条《ほうじょう》歩来《あゆら》・著

建設会社の経理室で働く茉夏は、容姿端麗だけど冷徹な御曹司・御門が苦手。なのに「俺の女になりたいなら魅力を磨け」と命じられたり、御門の自宅マンションに連れ込まれたり、特別扱いの毎日に翻弄されっぱなし。さらには「俺を男として見たことはあるか?」と迫られて…!?

ISBN978-4-8137-0436-2／定価：本体630円＋税

『強引専務の身代わりフィアンセ』

黒乃《くろの》 梓《あずさ》・著

エリート御曹司の高瀬専務に秘密の副業がバレてしまった美和。解雇を覚悟していたけど、彼から飛び出したのは「クビが嫌なら婚約者の代役を演じてほしい」という依頼だった！　契約関係なのに豪華なデートに連れ出されたり、抱きしめられたりと、彼は極甘で…!?

ISBN978-4-8137-0437-9／定価：本体630円＋税

『お気の毒さま、今日から君は俺の妻』

あさぎ千夜春《ちよはる》・著

容姿端麗で謎めいた御曹司・葛城と、とある事情から契約結婚した澄花。愛のない結婚なのに、なぜか彼は「君は俺を愛さなくていい、愛するのは俺だけでいい」と一途な愛を囁いて、澄花を翻弄させる。実は、この結婚には澄花の知らない重大な秘密があって…!?

ISBN978-4-8137-0433-1／定価：本体640円＋税

『冷酷王の深愛～かりそめ王妃は甘く囚われて～』

いずみ・著

花売りのミルザは、隣国の大臣に絡まれた妹をかばい城へと連行されてしまう。そこで、見せしめとして冷酷非道な王・ザジにひどい仕打ちを受ける。身も心もショックを受けるミルザだったが、それ以来なぜかザジは彼女を自分の部屋に大切に囲ってしまい…!?

ISBN978-4-8137-0438-6／定価：本体640円＋税

『エリート社長の許嫁～甘くとろける愛の日々～』

佐倉《さくら》伊織《いおり》・著

老舗企業の跡取り・砂羽は慣れない営業に奮闘中、新進気鋭のアパレル社長・一ノ瀬にあるピンチを救われ、「お礼に交際して」と猛アプローチを受ける。「愛してる。もう離さない」と溺愛が止まらない日々だったが、彼が砂羽のために取ったある行動が波紋を呼び…!?

ISBN978-4-8137-0434-8／定価：本体640円+税

『伯爵と雇われ花嫁の偽装婚約』

葉崎《はざき》あかり・著

望まぬ結婚をさせられそうになった貴族令嬢のクレア。縁談を断るために、偶然知り合った社交界の貴公子、ライル伯爵と偽の婚約関係を結ぶことに。彼とかりそめの同居生活がスタートするも、予想外に甘く接してくるライルに、クレアは戸惑いながらも次第に心惹かれていき…？

ISBN978-4-8137-0439-3／定価：本体650円＋税

『クールな次期社長の甘い密約』

沙紋《さもん》みら・著

総合商社勤務の地味OL茉耶は、彼女のある事情を知る強引イケメン専務・津島に突然、政略結婚を言い渡される。甘い言葉の裏の横暴な策略に怯える茉耶を影で支えつつ「あなたが欲しい」と近づくクールな専務秘書・倉田に、茉耶は身も心も委ねていき、秘密の溺愛が始まり…!?

ISBN978-4-8137-0435-5／定価：本体640円＋税

『ワケあって本日より、住み込みで花嫁修業することになりました。』
田崎《たさき》くるみ・著

Now Printing

OLのすみれは幼なじみで副社長の謙信に片想い中。ある日、突然の縁談が来たと思ったら…相手はなんと謙信！　急なことに戸惑う中、同居＆花嫁修業することに。度々甘く迫ってくる彼に、想いはますます募っていく。けれど、この婚約にはある隠された事情があって…？

ISBN978-4-8137-0472-0／予価600円＋税

ベリーズ文庫
2018年6月発売予定

書店店頭にご希望の本がない場合は、
書店にてご注文いただけます。

『もう一度君にキスしたかった』
砂原雑音《すなはらのいず》・著

Now Printing

菓子メーカー勤務の真帆は仕事一筋。そこへ容姿端麗のエリート御曹司・朝比奈が上司としてやってくる。以前から朝比奈に恋心を抱いていた真帆だが、ワケあって彼とは気まずい関係。それなのに朝比奈は甘い言葉と態度で急接近。「君以外はいらない」と抱きしめてきて…!?

ISBN978-4-8137-0473-7／予価600円＋税

『俺様ドクターと至極のリアルロマンス』
水守恵蓮《みずもりえれん》・著

Now Printing

雫が医療秘書を務める心臓外科医局に新任ドクターの祐がやってきた。彼は大病院のイケメン御曹司で、形ばかりの元婚約者。祐は雫から婚約解消したことが気に入らず、「俺に惚れ込ませてやる、覚悟しろ」と宣言。キスをしたり抱きしめたりと甘すぎる復讐が始まり…!?

ISBN978-4-8137-0469-0／予価600円＋税

『幼妻育成!?軍人皇帝は溺愛初夜が待ち遠しい』
桃城猫緒《ももしろねこお》・著

Now Printing

王女・シーラは、ある日突然、強国の皇帝・アドルフと結婚することに。ワケあって山奥の教会で育てられたシーラは年齢以上に幼い。そんな純真無垢な彼女を娶ったアドルフは、妻への教育を開始！　大人の女性へと変貌する幼妻と独占欲強めな軍人皇帝の新婚物語。

ISBN978-4-8137-0474-4／予価600円＋税

『続きは秘密の花園で-副社長の愛は甘くて苦い?-』
木村咲《きむらさき》・著

Now Printing

花屋で働く女子・四葉は突然、会社の上司でエリート副社長の涼から告白される。「この恋は秘密な」とクールな表情を崩さない涼だったが、ある出来事を境に、四葉は独占欲たっぷりに迫られるように。しかしある日、涼の隣で仲良くする美人同僚に出会ってしまい…!?

ISBN978-4-8137-0470-6／予価600円＋税

『極甘王太子は寵姫の愛に陥落する』
惣領莉沙《そうりょうりさ》・著

Now Printing

王太子レオンに憧れを抱いてきた分家の娘サヤはある日突然王妃に選ばれる。「王妃はサヤ以外に考えられない」と国王に直談判、愛しさを隠さないレオン。「ダンスもキスも、それ以外も。俺が全部教えてやる」と寵愛が止まらない。しかしレオンに命の危険が迫り…!?

ISBN978-4-8137-0475-1／予価600円＋税

『結論、保護欲高めの社長は甘い狼である。』
葉月《はづき》りゅう・著

Now Printing

商品開発をしている綺代は、白衣に眼鏡で実験好きな、いわゆるリケジョ。周囲の結婚ラッシュに焦り、相談所に入会するも大失敗。帰り道、思い切りぶつかった相手がなんと自社の若きイケメン社長！「付き合ってほしい。君が必要なんだ」といきなり迫られて…!?

ISBN978-4-8137-0471-3／予価600円＋税

ベリーズ文庫 2018年5月発売

書店店頭にご希望の本がない場合は、
書店にてご注文いただけます。

『過保護な御曹司とスイートライフ』

pinori《ぴのり》・著

ハメを外したがっている地味OLの彩月。偶然知り合い、事情を知った謎のイケメン・成宮から期間限定で一緒に住むことを提案され同居することに。しかしその後、成宮が自社の副社長だと発覚！　戸惑う彩月だけど、予想外に過保護にかまってくる彼にドキドキし始めて…？

ISBN978-4-8137-0454-6／定価：本体630円＋税

『最愛婚―私、すてきな旦那さまに出会いました』

西《にし》ナナヲ・著

お見合いで、名家の御曹司・久人に出会った桃子。エリートで容姿端麗という極上な彼からプロポーズされ、交際期間ゼロで結婚することに。新婚生活が始まり、久人に愛される幸せに浸っていた桃子だったけど、ある日、彼の重大な秘密が明らかになり…!?

ISBN978-4-8137-0455-3／定価：本体640円＋税

『クールな社長の溺甘プロポーズ』

夏雪《なつゆき》なつめ・著

アパレル会社に勤める星乃は、ある日オフィスビルで見知らぬ紳士に公開プロポーズをされる。彼は自動車メーカーの社長で、星乃を振り向かせようとあの手この手で迫る毎日。戸惑う星乃はなんとか彼を諦めさせようと必死に抵抗するも、次第に懐柔されていき…。

ISBN978-4-8137-0451-5／定価：本体640円＋税

『今宵、エリート将校とかりそめの契りを』

水守恵蓮《みずもりえれん》・著

没落華族の娘・琴は、家族の仇討ちのためにエリート中尉・総士の命を狙うが、失敗し捕らわれる。罰として「遊女になるか、俺の妻になるか」と問われ、復讐を果たすため仮初めの妻に。だけど総士に「俺を本気で惚れさせてみろ」と甘く迫られる日々が始まって…!?

ISBN978-4-8137-0456-0／定価：本体640円＋税

『副社長と秘密の溺愛オフィス』

高田《たかだ》ちさき・著

建設会社秘書・明日香は副社長の甲斐に片想い中。ある日車で事故に遭い、明日香と副社長の立場が逆転!?　「お前が好きだ」と告白され、便宜上の結婚宣言、婚約パーティまで開かれることに。同居しつつ愛を深める2人だったが、甲斐のライバル専務が登場し…!?

ISBN978-4-8137-0452-2／定価：本体650円+税

『元帥閣下は勲章よりも男装花嫁を所望する』

真彩《まあや》 -mahya-・著

軍隊に従事するルカは、父の言いつけで幼い頃から男として生きてきた。女だということは絶対に秘密なのに、上官であり、麗しくも『不敗の軍神』と恐れあがめられているレオンハルト元帥にバレてしまった！　処罰を覚悟するも、突然、求婚＆熱いキスをされて…!?

ISBN978-4-8137-0457-7／定価：本体640円＋税

『いとしい君に、一途な求婚～次期社長の甘い囁き～』

和泉《いずみ》あや・著

デザイン会社勤務の沙優は、突然化粧品会社の次期社長にプロポーズされる。それは幼い頃、沙優の前から姿を消した東條だった。「俺の本気を確かめて」毎週届く花束と手紙、ときめくデート。社内でも臆さず交際宣言、甘く迫る彼との幸せに浸る日々だったが…!?

ISBN978-4-8137-0453-9／定価：本体650円＋税